窄门

La porte étroite

André Gide

[法国]安德烈·纪德 著
王明睿 译

译林出版社

图书在版编目(CIP)数据

窄门 /（法）安德烈 · 纪德著 ; 王明睿译 . -- 南京 : 译林出版社, 2025. 2. --（纪德爱情三部曲）.
ISBN 978-7-5753-0343-9
Ⅰ. I565.45
中国国家版本馆 CIP 数据核字第 2024SY1461 号

窄门 ［法国］安德烈 · 纪德 / 著 王明睿 / 译

责任编辑 唐洋洋
装帧设计 山川制本workshop
封面插图 Owent Gent
校　　对 施雨嘉
责任印制 颜　亮

原文出版 Gallimard, 1972
出版发行 译林出版社
地　　址 南京市湖南路 1 号 A 楼
邮　　箱 yilin@yilin.com
网　　址 www.yilin.com
市场热线 025-86633278
排　　版 南京展望文化发展有限公司
印　　刷 南京新世纪联盟印务有限公司
开　　本 787 毫米 × 1092 毫米 1/32
印　　张 6.125
插　　页 4
版　　次 2025 年 2 月第 1 版
印　　次 2025 年 2 月第 1 次印刷
书　　号 ISBN 978-7-5753-0343-9
定　　价 48.00 元

献给 M. A. G.

你们要努力进窄门。

——《圣经·路加福音》第十三章第二十四节

《窄门》导读

张秋子

1937年的一个秋天，香榭丽舍大街的一间咖啡馆里，一位年轻的写作者莫里亚克来到纪德面前，向他介绍了自己，年轻人与年长者之间立刻产生了共鸣，这位年轻人还把自己的父亲介绍给了纪德，他就是法国著名的作家弗朗索瓦·莫里亚克。

通过与这对父子的文学酬唱交往，我们得以了解到纪德对《背德者》批评反响的心情。他是沮丧的，人们猛烈地抨击这部"失败的作品"，直到《背德者》问世的七年后，他才向大众又交出了一本叫作《窄门》的书。可是，他仍然向莫里亚克父子指出这本书是乏善可陈的——他对自己永不满意，也永远无法完全相信自己前一天写的或前一年发表的东西。因为真理每天都在前进，他不敢稍稍落后。虽然对《窄门》仍然怀抱着强烈的批评心理，但是纪德也承认，《窄门》与前作的关系千丝万缕，在日记中，他这样写道："我该说服谁这本书是《背德者》的双胞胎呢，这两个主题在我的脑海中一起成长，其中一个的超越找到了另一个超越的秘密许可，因此两者一起形成了一种平衡。"

其实，无需纪德的说服，只要翻开《窄门》，熟悉的主题与写法会再次包裹读者。《背德者》中的表达与掩饰，出现在一个同性恋欲言又止的自白里，《窄门》中的表达与掩饰，则发生在叙事者杰罗姆的自述与其恋人阿丽莎的日记所构成的对话中。这一次，纪德进一步地探索了欲望与言行之间的复杂关系，他试图搞清楚一个人是如何苦苦压抑着感官真实的渴求，用禁欲主义和自我牺牲把自己紧紧束缚的；更宽泛地说，是一个人的天性如何被后天习得的规则所制约和操纵，以至于痛苦不堪的。而且，我们会发现，纪德还是使用了第一人称单数的方式写作，虽然在《背德者》问世时，英国作家奥斯卡·王尔德已经警告纪德不要再使用"我"这一代词。王尔德对纪德的影响极大，两人早在1892年的沙龙上就已经结识，正是这位因同性恋性行为而锒铛入狱的作家促使纪德更为勇敢地承认自己的性取向，他坦言王尔德"总是试图在你心中认可邪恶"。只是这一次，他毅然回避了王尔德的艺术建议，仍然执拗地试图通过虚构作品来审视自己非虚构的生活，决绝的写作姿态引得连马塞尔·普鲁斯特都不得不在1921年再次告诫纪德，慎用“我”来讲故事。

可是，人们难以想象，如果纪德的作品不那么个人化，甚至不那么赤裸，他的作品会是什么样子。

所以，读者可以毫不费力地在《窄门》中找到纪德个人生活的痕迹，他从不想刻意区分作品与自传之间的关系，写作之于他，变成了一种自我评估、自我理解的艺术手段，这也让人想到伦理学家麦金泰尔对人类“讲故事”这一本能的评价。在麦金泰尔看来，越是善于反思自己的主体，就越倾向于用叙事或者说“讲故事”的方式来理解自己与他人，这意味着人成为了理性的主体。如果一个人通过讲述自己的故事达到了最终的目的，也意味着他经过反思回顾提高了理解力，并且对自己所有的失败做出了真正的承认和评估。其实，对于任何一个擅长虚构的小说家来说，个人经历都是虚构与想象飞扬起来的基底，他们把一生中的面孔、动作、想法敲碎，提炼再组合，最后以炼金术的秘法构建起个人生命的镜像。也就是说，每一部伟大的小说都站在个人、历史与文化的交界地带，只不过对于博尔赫斯、卡尔维诺这样的作家来说，知识与文化的比重大于个人经历，可是对于普鲁斯特或者纪德这样的作家来说，个人经验显然更占上风。

一个发生在纪德年轻时的例子很好地说明了纪德在《窄门》中呈现出的强烈自传性。从童年时代起，他就会频繁地拜访母亲在库维尔的姨妈，那里生活着他五个表兄妹，其中就有日后成为他妻子的玛德琳，她是这个家庭里年级最大、最沉默寡言却又敏感的女孩。在纪德十三岁那年圣诞节，他从姨妈家回家后发现家里没人，于是又返回姨妈家，却发现那里突然变得乱哄哄的，姨妈难受地躺在沙发上，几个女儿围着她照顾她，旁边黑暗的房间里传来了的哭泣与祈祷的声音。“你不该回来。”玛德琳说。后来，纪德才知道，这是因为这天晚上姨妈的婚外情暴露了。由此，玛德琳过早地被卷入到成人复杂的情感世界中。如果翻开《窄门》，我们会在开头读到非常相似的一幕：舅妈“病”了。可是，叙事者杰罗姆的母亲却冷酷地拆穿了舅妈：“我的朋友，还用我告诉你吗？所有这些，都是在做戏。”玛德琳母亲的婚外情曝光三年后，她就彻底和情人私奔了，从此，无人见过，无人知晓。母亲的行为对玛德琳一生的情感选择与欲望表达都产生了毁灭性的影响，她发誓要成为一个与“放荡”的母亲截然相反的贤妻，全然地遵守礼仪、克制欲望，似乎对自我纯洁强迫性的要求，能够成为对母亲的一种反抗，在与纪德的书信往来中，她颤抖地提到了自己对婚姻的恐惧。圣诞夜的这一幕也影响了纪德，他忽然感到要肩负起照顾受伤的表姐的重任，就像小说中杰罗姆所说的那样："我狂热地怜爱着她，说不清是热情、牺牲还是美德，我一个劲地祈求上帝，心甘情愿地打算此生只做一件事：保护这个女孩，不让她感到害怕，不让她遭受厄运，不让她生活艰辛。"

了解了这桩往事后，《窄门》中两个主要角色的行为动机就有了基础的解释。阿丽莎对性欲与婚姻充满了恐惧，这恐惧感如同冷硬的灰色岩层完整地覆盖着她的生活，但在那岩层之下，真实的情感与欲望却像暗涌的岩浆，时刻想要冲破岩石的缝隙。所以，这部小说中的表达与掩饰，主要发生在女主角阿丽莎身上，杰罗姆的对她的热情与追求总是遇冷，她要么顾左右而言他地要求杰罗姆"坚强到可以独自前行"，要么就不断预言两人未来将会分开的阴暗前途，读者与杰罗姆一样，都会感到莫名其妙，想不出究竟是什么挡在了这对青梅竹马的恋人之间。小说中，阻挡之物是阿丽莎口中的"上帝"，但纪德通过杰罗姆后来收到的阿丽莎去世后留下的日记发现，其实是"恐惧”，以及由此带来的自我压抑与自我欺骗。只是哪怕在日记中，阿丽莎仍然无法卸下那些看起来神圣庄严的宗教说辞，只有在某些瞬间，才会不自觉地流露出对杰罗姆身体、气息、体温的渴念。小说曾经描述了阿丽莎做的一个梦，她梦见杰罗姆已经死了，她必须做出巨大的努力去找到他，她确实做出了努力，但她才是那个“死”去的人，因为她那出于对身体、婚姻的恐惧再黏合上禁欲压抑的宗教观念，早已让她青春的灵魂过早地枯萎与麻痹了，所以，杰罗姆对她疯狂的表白与痴恋也注定成为镜花水月。也就是说，真正让这个女孩难以穿过“窄门”的，不是宗教的禁欲观念，而是在这个借口之下自我欺骗与自我隐藏以及最深处的恐惧。直到最后，她才勉强地在日记中承认：“我悄悄违背了上帝建议我说出的话……”

纪德在安排杰罗姆讲述故事时，表面上毫无艺术性，而且常常离题万里，让人物陷入飘散零落的自白与揣测中，这可能会让那些惯于根据情节与逻辑按图索骥的读者觉得困难，但只要留心，就会发现小说中的每个细节似乎都在强化全书的结构与主题，它们像果肉的果实一样紧紧包裹住那枚轻盈的果核——如果我们注意到舅妈揉扯杰罗姆水手服的大翻领、注意到阿丽莎那条没能扣上的珊瑚项链、注意到那些被误认为是高乃依实则为拉辛所写下的诗句、注意到握在一起却嫌潮乎乎的手……数不尽的细节如同一针针密匝匝缝下的针脚，将这对青年男女其实无法沟通，并且注定有缘无分的结局不可改变地绣好了。这场悲剧如果一定要追溯原因，那么只能认为是：一个人无法坦诚地交出自己与面对自我。

很显然，《窄门》是对《背德者》的直接呼应，读者在戳穿了《背德者》中同性恋的自欺时也许会觉得厌恶，但在面对《窄门》中被禁欲与恐惧包裹最终只能自我压抑的女孩时，只会感到怜悯与无力。虽然故事在变，纪德探索的命题却是永恒的：人究竟应当如何说出自己？又应当如何为自己立法？

一

也许别人会把这当成一本书，可我现在要讲的故事是我用尽全力度过的，我的美德也在其中耗尽了。我只是单纯地写下自己的回忆，有些地方记得支离破碎，我不会借用任何一种虚构去修补，去衔接。我想在说出这些时找到最后的快乐，如果努力去打磨，就会于此有损。

失去父亲的时候，我还不到十二岁。在父亲从过医的勒阿弗尔，再也没有什么能留得住母亲了，她决定来巴黎住，觉得我在这里能接受到更好的教育。她在卢森堡公园附近租了一套小公寓，阿斯布尔顿小姐来和我们一起住。弗洛拉·阿斯布尔顿小姐没有家人了，她以前是母亲的小学老师，后来成了她的女伴，不久便成了挚友。我生活在这两个看起来温柔而忧伤的女人身边，这种神情我只会在葬礼上看到。有一天，父亲应该去世很久了，母亲把晨帽上的黑饰带换成了淡紫色的：

“哦，妈妈！”我叫唤起来，“你用这颜色真难看！”

第二天，她换回了黑饰带。

我身体羸弱。母亲和阿斯布尔顿小姐全心全意地照顾我，生怕我累着，不过没有把我养成一个懒惰的家伙，因为我太喜欢学习了。每年天气一转暖，她们两人就都认为该离开城市了，否则我会面无血色。快到 6 月中旬的时候，我们出发前往勒阿弗尔附近的枫格兹玛尔农庄，布科兰舅舅每年夏天都会在那里接待我们。

布科兰家的房子在一座不算很大，也不算很漂亮的花园里，这花园与大部分诺曼底花园毫无二致，房子白白的，有两层，像极了再上个世纪的乡间房屋。房子上开了二十来扇窗户，正对着花园，朝向东面，背面也有这么多窗户，两侧没有窗户。玻璃窗的格子小小的，有几块刚换过，明亮得过了头，衬得旁边的旧窗格又绿又暗。个别窗户块有些残次，父辈们管这叫作“鼓泡”，透过这些窗户看到的树歪七八扭的，邮差从这里经过时会突然驼了背。

花园是长方形的，围有院墙。房子前面是一片遮有树荫的宽大草坪，一条沙石小径往返其中。这一侧的围墙低矮了下去，好让人看到花园周围的农场，农场的边界是一条山毛榉大道，这是当地的习惯。

在房子后面，也就是朝西的那一侧，花园更显舒适。南边，在一排排贴着墙的果树前，一条长着花儿的宜人小径没有遭到阵阵海风的侵袭，因为有一道厚厚的葡萄牙月桂帷幔和几棵树护着它。另一条小径沿北墙而行，消失在树枝下。表姐妹们称它为“小黑路”，黄昏过后，她们是不会愿意去那里冒险的。这两条小径通向菜园，它在低处接续着花园，走几个台阶下去就到了。再往前走，菜园尽头的墙上开着一扇隐秘的小门，墙外有一片伐期龄短的矮林，山毛榉大道从左右两侧抵达这里。在西面的台阶上，目光越过树林便可看到一片高地，欣赏遍布高地的庄稼。朝天边望去，不远处有一座小村庄的教堂，晚上，空气安静下来后，能看到有几栋房子冒出了炊烟。

在每一个晴朗的夏日，晚饭过后，我们都会下到“低地花园”。我们从那扇秘密的小门走出去，来到林荫路上的一条长椅，从这里可以稍稍俯瞰风景。在离废弃采石场茅屋棚不远的地方，坐着舅舅、母亲和阿斯布尔顿小姐。在我们面前，小山谷里满是薄雾，再远处，树林上的天空像镀了金。我们待在已经昏暗的花园深处，不愿离去。回去后，我们会在客厅里碰到几乎从来都不和我们一道出门的舅妈……对我们这些孩子来说，晚上便就此结束了。但我们还会时常在自己的房间里看书，再晚一些的时候，就听到长辈们上楼了。

如果不去花园，我们就几乎都会待在“自习室”里，那是舅舅办公的地方，摆了学生课桌。我和表弟罗贝尔并排学习，我们身后是朱丽叶和阿丽莎。阿丽莎比我大两岁，朱丽叶比我小一岁，罗贝尔在我们四个人中是最小的。

我想在此写下的不是我最初的回忆，而只是与这个故事有关的回忆。父亲去世那年的确可以说是这个故事开始的时候。我更敏感了，因为丧亲，不然就是因为我自己忧郁，至少是因为见母亲忧郁，而我由于敏感又容易生出新的情感：我早熟了。这一年，我们回到枫格兹玛尔时，朱丽叶和罗贝尔看起来更小了，但是，又见到阿丽莎的时候，我突然明白我们两个都不再是孩子了。

对，就是父亲去世的那年，我确定自己没记错，因为我记得刚到不久后母亲和阿斯布尔顿小姐说了些话。我无意中走进了母亲和她女友交谈的房间，她们在说我舅妈，母亲生气了，好像是因为舅妈没有服丧，又好像是因为她早早脱了丧服。（说真的，我难以想象布科兰舅妈身着黑衣，就像我难以想象母亲穿着明艳。）我能记起来的是，我们到的那天，吕西尔·布科兰穿着一条平纹布裙。阿斯布尔顿小姐和往常一样充当和事佬，一个劲地平息母亲的怒火，她畏畏缩缩地想草草了事：

“不管怎么说，白色也是能服丧的。”

“那她搭在肩膀上的红色披巾也是‘能服丧的’吗？弗洛拉，你气死我了！”母亲大叫着。

我只有在放假的日子里才会见到舅妈，总是见她穿着大开口的轻薄短上衣，肯定是因为夏天太热了。然而，舅妈搭在裸露肩膀上的披巾越是色彩炽烈，这种袒胸露肩的穿着就越是让母亲不悦。

吕西尔·布科兰真是美极了。我留着她的一幅小像，她当时看起来那么年轻，让人误以为这是她女儿们的姐姐。小像上的她侧坐着，脑袋歪向左手，左手小指做作地折向嘴唇，她经常这么坐。一条粗眼发网包住松垮地落在脖颈上的卷发，短上衣的开口处，一块意大利马赛克圆浮雕挂在松松的黑丝绒项链上。黑丝绒腰带上打着大大的活结，她用带子把宽边软草帽挂在椅背上，这一切都令她更显稚气。她右手垂下，拿着一本合上的书。

吕西尔·布科兰是克里奥尔人，她不知道自己的父母是谁，可能早早失去了双亲。后来，母亲告诉我，她也许是被遗弃了，也许是个孤儿，沃蒂埃牧师夫妇那时还没有自己的孩子，就收养了她，不久便离开了马提尼克岛，把她带到勒阿弗尔，就是布科兰一家定居的地方。沃蒂埃和布科兰两家经常来往。舅舅当时在国外一家银行工作，直到三年后回到家人身边时，他才见到小吕西尔。他对她一见钟情，立马向她求婚，他的父母和我的母亲为此直发愁。吕西尔时年十六岁。那时，沃蒂埃太太自己有了两个孩子，她开始担心孩子们会受到这个养女的影响，因为她的脾气真是一个月比一个月古怪了，而且这对夫妇的手头也不再宽裕……所有这些都是母亲告诉我的，让我明白为什么沃蒂埃一家开开心心地接受了她弟弟的求婚。此外，我还猜测年轻的吕西尔已经开始严重拖累他们了。我很了解勒阿弗尔的社会风气，自然能想象出人们会怎样欢迎这个如此迷人的孩子。而我后来认识的沃蒂埃牧师温柔、谨慎又淳朴，他无法抵抗困境，在险恶面前毫无招架之力，这个完美之人想必是身处绝境了。至于沃蒂埃太太，我什么都说不上来，她在生第四个孩子的时候去世了，这个孩子和我一般大，日后成了我的朋友。

吕西尔·布科兰几乎不参与我们的生活，她只有在午饭后才会走出房间下楼来，一下来就躺在沙发上或者吊床上，一直瘫到傍晚，起身时也是有气无力的。她有时会用一条手帕蹭蹭额头，像是在擦汗，可额头却一点儿也不亮。这条手帕精美芬芳得叫人惊叹，那味道不大像花香，却更似果香。有时候，她从腰带里取出一块带银制滑盖的小镜子，这镜子跟各式物件一道挂在她的表链上。她照着镜子，一根手指触碰嘴唇，沾点唾沫润湿眼角。她时常捧着一本书，但是书没怎么打开过。书里有一把玳瑁裁纸刀，一直夹在纸张之间。如果朝她走去，她的目光不会从遐思中转出来去看你。从她倦懒的手中、从沙发扶手上、从她裙子的褶皱间，时常会有一条手帕、一本书、几朵花或者一根书签带掉落到地上。有一天，我还小，捡起书的时候看到写了一些诗句，红了脸。

晚饭后，吕西尔·布科兰不会和我们一家子坐在桌子旁，却坐在钢琴那里，自我陶醉地弹着肖邦的慢板《玛祖卡舞曲》，有时候她会打断小节，定在一个和弦上……

我在舅妈身边很不自在，感到困扰，既仰慕又惶恐。似乎隐约中有一种本能让我提防着她，我还觉得她瞧不起弗洛拉·阿斯布尔顿和我母亲，阿斯布尔顿小姐害怕她，母亲不喜欢她。

吕西尔·布科兰，我不想再怨恨您，想有一刻忘记您做了那么多坏事……至少，我会努力心平气和地说起您。

那年暑假的一天，也可能是后一个暑假，因为环境总是一成不变，有时我的回忆会相互重叠、混淆起来。那天，我到客厅找书，她也在。我立刻就抽身要走，她这个平日里似乎都没怎么看过我的人把我叫住了：

“怎么这么快就走了？杰罗姆！我让你害怕了吗？”

我走过去，心怦怦直跳。我壮着胆子对她微笑、伸去一只手。她把我的手握在一只手里，另一只手抚摸着我的脸颊。

“你妈妈给你穿的是什么呀，我的小可怜！……”

我当时穿着一种大翻领短上衣，舅妈开始揉搓起来。

“水手衫的领子要开得大大的！”她边说边解开一颗衬衫纽扣。“好了！你看这样不是更好吗！”随后，她拿出自己的小镜子，把我的脸拉过去靠着她的脸，裸露的胳膊勾住我的脖子，手伸进我半敞着的衬衫里，笑着问我怕不怕痒，又往里伸了伸……我突然惊跳起来，上衣都扯破了，脸上火辣辣的，她却叫嚷着：

“呸！大蠢蛋！”我逃走了，一直跑到花园尽头。我在菜园的一处小池子里浸湿了手帕，贴在额头上，把脸颊、脖子以及这个女人碰过的所有地方洗了又洗，擦了又擦。

有些日子里，吕西尔·布科兰会“发病”。这病会突然发作，弄得一家人都不得安宁。阿斯布尔顿小姐会赶紧带走孩子们，找点事让他们做，但是大人们也忍不住从卧室或者客厅传来的可怕叫声，孩子们还是能听见。舅舅惊慌失措，我们听到他在走廊里奔来跑去地找毛巾，找科隆水，找乙醚。晚上吃饭时，舅妈还没有来，他神情焦虑，尽显苍老。

发病差不多过去后，吕西尔·布科兰就会把孩子们叫到身边，至少会叫罗贝尔和朱丽叶，从来都不会喊阿丽莎。每逢这阴暗的日子，阿丽莎便把自己关在房间里，有时候她父亲会去找她，经常和她谈心。

舅妈发起病来让仆人们惊恐万分。一天晚上，她病得尤其厉害，我和母亲待在她的房间里，她不许我出去，这里几乎听不到到客厅里的动静，只听见厨娘在走廊里边跑边喊：

“老爷快下来啊，可怜的夫人就要死了！”

可舅舅已经上楼去了阿丽莎的房间，母亲出了房间去找他。一刻钟后，他们两人经过我待着的房间，都没注意房间窗户打开着，母亲的声音传到了我这里：

“我的朋友，还用我告诉你吗？所有这些，都是在做戏。”母亲一字一顿地说了好几遍：是在做——戏。

这件事发生的时候暑假快结束了，父亲去世已有两年。我很长时间里都没能再见到舅妈。后来发生了一件惨事，搅得家里地动山摇，这件事之前还冒出一个小插曲，使我当时对吕西尔·布科兰依然复杂而模糊的感情降级为纯粹的憎恶。不过，在说这些之前，我得先介绍一下我的表姐。

虽然阿丽莎·布科兰长相可人，可我那时对此还没有察觉。她身上有一种魅力征服了我，把我留在她身边，不单是美丽。她的确长得很像她母亲，但眼神里的情绪却与之有天壤之别，所以我是后来才发现她们长相相似的。我描述不出那张脸，记不得她的五官轮廓，连眼睛的颜色都忘了，只依然看得见她带着忧伤的笑容；还有那弯弯的眉毛，与众不同地立在眼睛上，在眼睛上方弯成两个大大的弧形。我在任何地方都没有见过这样的眉毛……不过也算见过：那是在但丁时代的一尊佛罗伦萨小雕像上，我不由得猜想小时候的贝雅特丽齐也有这样弯得厉害的眉毛。这让她的目光、让她整个人都带有一种既忧虑又信赖的询问神情——是的，热切的询问。在她身上，一切都只是询问，只是等待……我会告诉你这种询问如何征服了我，如何左右了我的人生。

朱丽叶就看起来更漂亮了，她快乐、健康得闪闪发光，但是跟她优雅的姐姐比起来，她的美丽好像是外在的，一下就让所有人都看得清清楚楚。至于罗贝尔表弟，他没什么特别的。他就是个跟我年纪相仿的男孩，我跟朱丽叶玩耍，也跟他玩耍，跟阿丽莎则是聊天，她不怎么参与我们的游戏，无论我追忆多么久远的过去，都能看见她神情严肃，在温柔地微笑、沉思。我们聊什么？两个孩子能聊什么呢？我马上就告诉你，不过我想先说完舅妈的事，后面就不用再说起她了。

父亲去世两年后，我和母亲来到勒阿弗尔过复活节假期。我们没有住在布科兰家，因为他们住在城里，有些拥挤，而是住在了母亲姐姐的家里，她家的房子更宽敞。普朗蒂埃姨妈守寡多年，我没什么机会见到她，也不怎么认识她的孩子们，他们比我大很多，性格也差得远。勒阿弗尔的人管她家叫作“普朗蒂埃宅子”，宅子不在城里，而是在一座丘陵的半山腰上，丘陵俯视着城市，人称“小坡”。布科兰一家住在商业区附近，斜坡上有一条小道方便了两家之间的来往，我每天都会在这条小道上冲下去、爬回来好几次。

那一天，我在舅舅家吃午饭。饭后不久，他就走了，我陪他一直走到书房，便回到普朗蒂埃家找母亲。到了之后我得知母亲和姨妈出门了，晚饭时候才会回来。我立刻下山回到城里，都没怎么在城里自在地溜达过。我来到港口，在海上浓雾的笼罩下，港口阴郁起来。我在码头上闲逛了一两个小时。突然，我强烈地想要出其不意地去看看阿丽莎，虽然刚刚才离开她……我跑着穿过城市，按了按布科兰家的门铃，正要冲向楼梯，开门的女仆想拦住我：

“别上去，杰罗姆少爷！别上去，夫人发病了。”

可我没睬她：“我又不是来看舅妈的……”阿丽莎的房间在四楼。二楼是客厅和餐厅，三楼是舅妈的房间，那里迸出了几个人的声音。门是开着的，必须从这扇门前经过。一道光线从房间里射出来，切断了楼梯平台。我担心被看到，犹豫了一会儿，躲躲藏藏的，随后看到的一幕令我大吃一惊：窗帘合上了，在卧室中间，两座枝形烛台上的蜡烛发出愉悦的光亮，舅妈躺在一张长椅上，她的脚边是罗贝尔和朱丽叶，身后是一位穿着制服的陌生年轻中尉。两个孩子也在场，这在今天看来真是可怕。我当时天真，他们在那儿反倒让我放心。

他们笑着看着那个陌生人用尖锐的声音反复说道：

“布科兰！布科兰！……要是我有一只绵羊，我一定会叫它布科兰。”

舅妈自己也放声大笑。我看到她朝那个青年递去一支香烟，青年给她点上，她抽了几口。香烟掉到了地上。他冲上去捡，假装被披巾绊住，双膝跪在舅妈面前……趁着这可笑的一幕，我得以安全溜走了。

我来到阿丽莎的房门前，等了一会儿。阵阵欢声笑语从楼下传上来，也许这些动静掩盖了我敲门的声响，没有听到答复。我推开门，门安安静静地往后退去。房间里昏昏暗暗的，我一时间看不清阿丽莎在哪儿。她在床头，跪着身，背对着看得见垂垂暮日的窗格子。她转过来，但是我走过去的时候她没有起身，喃喃地说道：

“哦！杰罗姆，你干吗要回来？”

我俯下身去拥抱她，她的脸上满是泪水……

这一刻决定了我的一生，我至今依然无法平静地回想起这一刻。我当然根本不明白阿丽莎为何悲痛，但是我强烈地感受到，这个抽搐的幼小灵魂、这躯啜泣得浑身颤抖的纤弱身体，如何承受得了这莫大的悲痛。

我站在她身边，她依然跪着。我全然不知该如何表达内心从未有过的激动，只能把她的头紧紧搂在心口，把她的额头紧紧贴在嘴唇上，向她传达我的心意。我狂热地怜爱着她，说不清是热情、牺牲还是美德，我一个劲地祈求上帝，心甘情愿地打算此生只做一件事：保护这个女孩，不让她感到害怕，不让她遭受厄运，不让她生活艰辛。我最后诚心实意地跪下来，抱着她，护着她，纷乱中听到她说：

“杰罗姆！他们没有看到你，是不是？哦！快走！不能让他们看到你！”

又压低声音说：

“杰罗姆，别跟任何人说……可怜的爸爸什么都不知道……”

所以我什么都没有告诉母亲，但是普朗蒂埃姨妈拉着母亲嘀咕个不停，这两个女人看起来神秘兮兮、忙忙碌碌、愁容满面，每次我凑上去想听她们在悄悄谈着什么，她们就会把我支走："孩子，到其他地方玩去吧！"这一切都表明，她们对布科兰家的秘密并非一无所知。

我们刚回到巴黎，一通电报就把母亲叫回到勒阿弗尔：舅妈离家出走了。

"是和谁一起的吗？"我问阿斯布尔顿小姐，母亲把我交给了她。

"孩子，你还是问你妈妈吧。我没法跟你说。"亲爱的老友这么回答我，这件事也叫她诧异。

两天后，我和她两人动身去找母亲。那是一个周六。我第二天会在教堂里遇见表姐妹们，我满脑子里想的尽是这件事。我当时还小，非常重视我们的重逢，觉得这是件神圣的事。总之，我不关心舅妈的情况，也不去问母亲这种有损面子的事。

那天早上，小小的礼拜堂里没有什么人。沃蒂埃牧师显然是有意挑了基督的这句话来宣讲："你们要努力进窄门。"

阿丽莎坐在我前面几排。我从侧面看到了她的脸，我盯着她看，都忘了自己，好像是通过她我才听到了自己疯狂想要听到的话。舅舅坐在我母亲身旁，哭泣着。

牧师先是念了一整节："你们要努力进窄门。因为引到灭亡，那门是宽的，路是大的，进去的人也多；引到永生，那门是窄的，路是小的，找着的人也少。"[1] 随后，他分段阐释了主题，首先讲了大路……我恍恍惚惚，像是在做梦，我又看见了舅妈的房间，又看见躺着的舅妈在笑，看见那位耀眼的军官也在笑……哪怕是想到他们的嬉笑和欢乐，也令人受伤、让人屈辱，成了十恶不赦的罪孽！……

"进去的人也多。"沃蒂埃牧师接着说。随后，他描绘起来，只见一大群身着盛装的人嬉笑着往前走，我觉得自己无法、也不愿在这支队伍里找到位子，因为同他们迈出的每一步都会让我远离阿丽莎。牧师回到了经文的开头，而我看见了那道要努力进去的窄门。在我沉浸其中的梦境里，这道窄门成了一台轧机，我使劲钻进去，疼得厉害，却也提前尝到天堂极乐的滋味。这扇门还成了阿丽莎的房门，我为了能进去把自己缩小了，清除掉自己身上的一切私心……"引到永生，那门是窄的。"沃蒂埃牧师继

---

[1] 出自《圣经·马太福音》第七章第十三、十四节。

续说着。我想象着在一切苦行、一切悲痛之上有着另一种快乐，我感受着它，它纯粹而神秘，高尚如天使，我的灵魂已然在渴望着它。我想象着这种快乐，它像一首尖锐又柔情的小提琴乐曲，像一团炽热的火焰耗尽阿丽莎和我的心。我们两人都在向前走，穿着《启示录》里提及的白色衣服，我们牵着手，望着同一个目标……我不在乎这些幼稚的梦是不是可笑！我原原本本地复述着这些梦。梦里可能会有的含混之处只在话语里、只在朦胧的图像里，情感是真实的，却无法确切表达出来。

"找着的人也少。"沃蒂埃牧师最后说道。他解释着该如何找到窄门……"也少。"我会是其中之一……

布道快结束时，我精神极度紧张，所以礼拜刚做完就逃走了，不去张望着看表姐。我心高气傲，打算决心（其实已经下定决心）接受考验，觉得立刻离去会让自己更配得上她。

二

严苛的教育在我身上找到了契合的灵魂，我生来具有责任感，我的父母身体力行，又用清教戒律约束我最初的内心冲动，他们的榜样行为最终走向我所听说的“美德”。我克制自己就像别人放弃自我一样自然，虽然我是被要求自我约束的，却一点也不反感，反而挺乐意。我在未来中寻找的与其说是幸福，不如说是抵达幸福的不竭努力，更何况我已经将幸福和美德视为一物。我当时到底还是个十四岁的孩子，遇事不决、前途未定，然而不久，对阿丽莎的爱慕让我矢志不渝地认定了这个方向。那是一种心灵顿悟，我这才认清自己：内向、不开朗、总是在期待、很少关心他人、没什么进取心，只梦想着可以在自己身上获得的成功。我热爱学习，在游戏里，我只喜欢需要凝神思考或者付出努力的那种。我几乎不跟同龄的同学们来往，只是出于情面或者礼貌才参与到他们的娱乐中。我跟阿贝尔·沃蒂埃倒是走得近，第二年他来巴黎上学，和我同班。

这是个优雅而懒散的男孩，我钦佩他，但更把他当朋友，和他在一起，至少我还能说说勒阿弗尔和枫格兹玛尔，我的思绪不停地飞回到这两个地方。

至于表弟罗贝尔·布科兰，家里人安排他来我们学校寄宿，不过比我们低两个年级，我只有在周日才会见到他。如果他不是我表姐妹们的弟弟，我是根本不会乐意去看他的，他跟她们都没什么相像的地方。

我那时满脑子里都是爱情，而且只有在爱情的照耀下，这两份友谊对我来说才有些意义。阿丽莎就像《福音书》里说的那颗价值连城的珍珠，我就是那个倾其所有想将她拥有的人。虽然我还是个孩子，可是谈论爱情有错吗？这样称呼我对表姐的感情有错吗？我觉得自己之后所体验到的一切都没有更配得上这称呼，而且，即便我长大后感到更明晰的肉体躁动，我的情感在本质上并没有多少改变，我也没有企图更直接地拥有自己年幼时只想去配得上的人。无论是学习、用功还是虔行，我暗自把一切都献给阿丽莎，创造性地对美德进行提纯，经常不让她知道我只为她做的事情。我就这样沉迷于自我陶醉的谦逊中。唉！我还养成了一个习惯，很少考虑自己是否快乐，任何不费劲的事情都不会让我满足。

这种好胜心只会激励我吗？阿丽莎对此似乎并不敏感，她不会因为我，或者为了我去做任何事情，可我一直在为她努力。在她纯然的灵魂里，一切都保留着最自然的美丽。她的美德如此自在、优雅，看起来从容自在。她笑起来像孩子一样，衬得目光里的严肃神情令人着迷。我又看到安宁如斯、温柔如许而又疑惑的双眼抬了起来，明白了舅舅为何在慌乱之时会去寻求长女的支持、建议和安慰。第二年暑假，我总能看到他们俩在谈心。舅舅愁眉不展，老了许多，他吃饭的时候很少说话，有时候会突然强颜欢笑，这比起他的沉默来更是叫人难受。他总是在书房里抽烟，直到晚上阿丽莎来找他，要人三催四请才出门，她像带个孩子似的领着他去了花园。他们两人沿着花径往下走，来到菜园台阶旁的圆形路口坐下，我们之前搬了几把椅子摆在那里。

一天晚上，我看了很久的书，躺在草地上，一棵高大的紫红色山毛榉为我遮阴，这棵树跟花径之间只隔着一排月桂，遮住了视线，却挡不住声音，我听到阿丽莎和舅舅在说话。他们刚刚分明提到了罗贝尔，此时阿丽莎说出了我的名字，我刚听清他们说的话，舅舅便大声说道：

“哦！他啊，他一直这么好学。”

我不是有意偷听的，我想走，起码弄出一点动静提醒他们我在这儿，但是该怎么做呢？咳嗽？喊一声“我在这儿呢！我在听你们说话！”……我还是保持默不作声，不是因为好奇地想继续听，而是因为感到尴尬和害羞。而且，他们只是路过这里，我只是零零碎碎地听到他们的对话……但是他们走得很慢，阿丽莎肯定像往常一样在胳膊上挂着一只轻巧的篮子，捡起枯萎的花，在贴着墙的果树底下收起青涩的果子，那是被时常出现的海雾催落的。我听见她清亮的声音：

“爸爸，帕利西埃姑父是个杰出的人吗？”

舅舅的声音低沉含混，我听不清他回答了什么。阿丽莎又问了一遍：

“非常杰出，是吗？”

舅舅的回答还是含混不清，阿丽莎又问：

“杰罗姆挺聪明的，是吧？”

我怎么会不竖起耳朵呢？……可是，什么都没有听清楚。她又说：

“你觉得他会成为一个杰出的人吗？”

这一次，舅舅的声音高了起来：

“孩子，我想先知道你是怎么理解‘杰出’这个词的。

其实我们可以很杰出但是看不出来，至少在世人看来并不杰出……在上帝眼中却很杰出。”

“我就是这么想的。”阿丽莎说道。

“不过……谁知道呢？他还太年轻……当然，他是很有前途。但要想成功，这还不够……”

“还需要什么？”

“孩子啊，你想让我说什么呢？还需要信任、支持、爱……”

“支持是指什么？”阿丽莎打断道。

“挚爱和尊重，也是我所缺少的东西。”舅舅黯然地答道。随后，他们的声音彻底消失了。

晚上祷告的时候，我感到自责，因为无意中失了礼，决定向表姐承认错误。也许是好奇心使然，这次我想知道得多一点。

第二天我刚说了几句，阿丽莎便道：

“杰罗姆，这么去听可是很不好的。你应该提醒我们，或者直接走掉。”

“我向你保证我不是故意的……我是无意中听到的……而且你们只是经过那里。”

“可我们走得很慢。”

“是的，但我几乎什么都没听见，很快就听不到了……对了，舅舅是怎么回答你的？就是你问他怎样才能成功的时候。”

“杰罗姆，”她笑着说，“你听得可清楚了！还让我再说一遍，这是在戏弄我吧。”

“我向你保证，我只听到了头几句……听到他说信任和爱。”

“他后来说，需要很多其他东西。”

“那你是怎么说的？”

她突然变得很严肃：

“他说人生中要有支持，我说你有你母亲。”

“哦！阿丽莎，你很清楚她不会一直陪着我的……而且这也不是一回事……”

她低下额头：

“他也是这么跟我说的。”

我颤抖地握住她的手。

“无论我以后成为什么样的人，都是心甘情愿地为了你。”

“可是，杰罗姆，我也会离开你的。”

我掏心掏肺地说道：

“但我永远都不会离开你。”

她耸了耸肩：

“你还没有坚强到可以独自前行吗？只有独自前行，你我才能见到上帝。”

“可你是我的引路人。”

“为什么你除了基督还想另找一个向导呢？……我们只有在向上帝祷告时彼此相忘才能彼此靠近，你觉得呢？”

“对，让我们相聚，”我打断道，“我每天早晚都在向祂祈求这件事。”

“你不明白在上帝那里交融意味着什么吗？”

“我打心底里明白。那意味着在共同崇拜的对象那里热烈地相聚。对我来说，是为了和你相聚才去崇拜你所崇拜的对象。”

“你的崇拜一点都不纯粹。”

“别对我要求太多。如果不能在天堂和你重逢，我也不会在乎那里的。”

她一根手指贴在嘴唇上，庄重地说：

“你们要先求他的国和他的义。”[1]

[1] 出自《圣经·马太福音》第六章第三十三节。

记下这些对话的时候，我清楚地知道有些人会觉得这可不像是孩子说的，他们本就不了解孩子也可以这么自发地严肃起来。我能做什么呢？努力辩解吗？我也不想去粉饰，让它们显得更自然。

我们读了拉丁通俗译本《圣经》里的《福音书》，背诵了部分长长的章节。阿丽莎借口辅导表弟，和我一起学习拉丁语。不过我猜，她其实是为了继续跟我一起阅读。当然，如果明知她不会陪我一起做某个功课，我是不敢去喜欢的。虽然这有时妨碍了我，但并不是像有人认为的那样阻止了我精神上的迸发，相反，似乎她在哪里都自如地走在我前面。而我的精神跟随着她来选择道路，当时吸引我们的是被我们称为“思想”的东西，但这往往只是一个借口，来实现某种比伪装情感和掩饰爱情更有深意的交融。

母亲起初有些担心，因为估摸不出我们之间的感情有多深，但是后来，她感到自己体力衰退，就喜欢用母爱把我们搂在一起。她长期患有心病，越发频繁地感到身体不适。有一次发病特别厉害，她把我叫到身边：

“我可怜的孩子，你看，我老了这么多，”她对我说，“有一天我会突然扔下你的。”

她不作声了，胸口闷得很。我忍不住大声喊了起来，好像如她所愿似的对她说：

“妈妈……你知道我想娶阿丽莎。”我这句话一定是说出了她最隐秘的心事，因为她立刻就说：

“是的，我的杰罗姆，我正想跟你说这个。”

“妈妈！”我抽泣着说，“你觉得她是爱我的，是吗？”

“是的，我的孩子。”她慈爱地重复了好几遍，“是的，我的孩子。”她吃力地说着，又补充说：“要让主来决定。”我在她身旁俯下身，她把手放在我的头上，又说：

“愿上帝守护你们，我的孩子们！愿上帝守护你们两个！”说完便昏睡过去，我没有去喊醒她。

这个话题再也没有提起。第二天，母亲觉得好些了，我出门去上课，而沉默又笼罩在这段没说透的交心话上。再说，我又能知道些什么呢？阿丽莎爱我，对此我一刻都不会怀疑。即便我此前还有所怀疑，可不久后的悲伤之事让这怀疑从我心里永远消失了。

一天晚上，母亲在我和阿斯布尔顿小姐面前平静地去了。将她带走的这最后一次发病起先看起来并不比以前严重，后来才迅速恶化，没有一个亲戚在她去世前及时赶过来。第一天夜里，我陪着母亲的这位老友为亲爱的死者守灵。我深深地爱着母亲，虽然流着泪，可我竟一点都感受不到悲伤，而我之所以哭泣是因为同情阿斯布尔顿小姐，她看着比自己年轻许多的朋友就这么先去见上帝了。但有个秘密的心思彻底压制了我的悲伤：这场丧事会把表姐推到我这里。

第二天，舅舅来了。他带给我一封他女儿的信，她要第二天才到，和普朗蒂埃姨妈一起来。她写道：

> ……杰罗姆，我的朋友，我的弟弟，我万分悲痛，没能在她去世前跟她说上几句话，让她如愿以偿地高兴高兴。此刻希望她能原谅我！从今往后只有上帝指引我们两个了！再见，我可怜的朋友。我是你从未如此温柔的阿丽莎。

这封信想说什么？她抱歉没有说出来的话是什么？她是在承诺我们的未来吗？我还太年轻，不敢这就向她求婚。再说，我需要她答应吗？我们难道不像是未婚夫妇吗？我们的爱情对亲友来说已不再是个秘密，舅舅和母亲都没有阻挠这件事，相反，他已经把我当成儿子了。

几天后是复活节假期，我去了勒阿弗尔，住在普朗蒂埃姨妈家，几乎每顿饭都在布科兰舅舅家吃。

费莉西·普朗蒂埃姨妈是再好不过的女人，但是我和表姐妹们跟她都不怎么亲近。她总是忙得喘不过气，她的动作并不温柔，声音也不好听，她的爱抚令我们不知所措，无论是一天中的何时何刻，她都需要抒发情感，对我们的深情漫溢出来。布科兰舅舅很爱她，不过他们交谈时只要听听他的语调，我们就自然地察觉到他更喜欢我母亲。

“我可怜的孩子，”有天晚上她开口说道，“不知道你这个夏天有什么打算，我想先了解你的计划，再决定我自己要做什么。如果我能帮得上你的话……”

“我还没怎么考虑，”我回答她说，“可能会去旅行。”

她又说：

“你也知道，在我这里就像在枫格兹玛尔一样，你什么时候来都行。如果你去那边，你舅舅和朱丽叶都会高兴的……”

“您想说的是阿丽莎吧。”

“哦对！对不起……你相信我以前以为你爱的是朱丽叶吗！直到你舅舅跟我说了……不到一个月前……你知道，我是很爱你们的，可是对你们不大了解，都没什么机会见到你们！……我又不会观察，没时间停下来去操心跟自己不相干的事。我看到你总是和朱丽叶在一起玩……我就以为……她又好看又活泼。”

“是的，我乐意和她一起玩耍，可我爱的是阿丽莎……”

“明白！明白，这是你的事……你也知道，可以说我都不了解她，她不像她妹妹话多。我想既然你选择了她，应该是有个充分的理由的。”

“可是，姨妈，我没有选择去爱她，我也从来没有想过有哪些理由可以……”

“别生气，杰罗姆，我说这些可没有恶意……我都忘了想跟你说什么……哦！想起来了。我想你们迟早肯定会结婚的，不过你还在服丧，不能像模像样地订婚……而且，你还很年轻……我想，你以后去枫格兹玛尔的时候没有母亲在身边是不是不合适……”

“不过，姨妈，就是因为这样我才说要旅行的。”

“好。是这样的，孩子，我想如果我也去那里，事情做起来会容易些，而且我夏天里有段时间是空着的。”

“只要我去请，阿斯布尔顿小姐会乐意来的。”

“我知道她会来。可这不够！我也会去……哦！我不是想要取代你可怜的母亲，”她补充道，突然呜咽起来，“我只想料理家务……也不会让你、你舅舅还有阿丽莎觉得尴尬的。”

费莉西姨妈高估了自己来这儿的作用。说实话，有她在，我们只会感到尴尬。像她之前宣告的那样，刚到7月份她就在枫格兹玛尔住了下来，我和阿斯布尔顿小姐不久便去跟她会合。她借着帮阿丽莎照料家里的由头，总是把这座安安静静的房子弄得闹哄哄的。她在我们面前热情洋溢，想让我们愉快，想如她所说“让事情做起来容易些”，可这份热情太厚重了，我和阿丽莎在她面前总是束手束脚，像个哑巴。她应该会觉得我们太冷漠了……就算我们没有沉默不语，她会理解我们的爱情是怎么回事吗？朱丽叶的性格倒是能适应这种洋溢的感情。或许是因为见姨妈明显偏爱小侄女，我对她有些不满，没什么好感。

一天早上，姨妈收到信后把我叫了过去：

“我可怜的杰罗姆，真是太抱歉了。我女儿身体不适，叫我过去。我不得不离开你们了……”

我心里满是庸人自扰的顾虑，去找了舅舅，不知道自己是否有勇气在姨妈走后继续待在枫格兹玛尔。但是刚一开口，舅舅就说：

“我那可怜的姐姐在想些什么，要把再自然不过的事情弄得这么复杂。啊！你为什么要离开我们呢，杰罗姆？”他大声说，“你不是差不多已经算是我的孩子了吗？”

姨妈在枫格兹玛尔差不多只待了半个月。她一走，这房子就安静下来了。归来的安宁留在房子里，像极了幸福。我虽然戴着孝，我们的爱情却没有因此暗淡下去，反而加深了。日复一日的单调生活就这样开始了，仿佛置身于音效出色的地方，我们最轻微的心跳也能听得见。

姨妈走后几天，一天晚上，我们在餐桌上聊起了她。我记得大家说：

“真是闹腾！”我们说道，“生活已经够起起伏伏的了，还不能让她的灵魂多歇一歇吗？爱情的美丽外衣，在她那里映射成了什么？”……我们想起了歌德的话，他提到施泰因夫人的时候写道：“看着世界映照在这个灵魂里，真是件美事。”我们很快就确立了一种我也不清楚的等级，认为善思处于最高等级。一直沉默不语的舅舅此时苦笑着对我们说：

“孩子们，”他说，“就算上帝的形象碎了，祂自己也认得出来。不要只凭一个人一生中的某个时刻就对他评头论足。我可怜的姐姐身上所有让你们感到不愉快的地方，我都知道为什么会这样，我太清楚了，所以我不会像你们一样严厉地批评她。年轻时讨人欢喜的地方到老时哪有不变味的。你们所说的闹腾，在费莉西身上其实只是可爱的奔放，是不假思索，是随性而为……我没骗你们，我们以前跟你们今天的样子没什么不同。我以前很像你，杰罗姆，可能比我想的还要像。费莉西以前很像今天的朱丽叶……是的，长得也像。我突然发现，”他补充了几句，转向自己的女儿，“有时候你响亮的声音会让人想起她，她笑起来跟你一样。你这种姿势，她早就不用了，她以前和你一样，有时候待在那儿坐着，什么都不干，胳膊肘朝前，手指交叉撑着额头。”

阿斯布尔顿小姐转向我，低低地说：

“你妈妈，让人想起她的是阿丽莎。”

这一年的夏天灿烂夺目。一切都似乎被染成了天蓝色。我们的热忱战胜了厄运和死亡，面前的阴暗在退去。每天早晨，我都在愉悦中醒来，天一亮就起身，奔跑着迎接每一天……每每回想起这段时光，我都会看到满目的晨露。朱丽叶比她习惯熬夜的姐姐起得早，和我一起下楼到花园里。她是我和她姐姐之间的使者，我一个劲地跟她讲我们的爱情，她好像没有听得不耐烦。我告诉她不敢在阿丽莎面前说出的事情，我爱她爱得胆小、拘谨。阿丽莎好像接受了这个游戏，取笑说我和她妹妹聊得真快乐，她也许是真不知道其实我们只谈了她，也许是假装不知道。

哦，爱情的精妙伪装、爱过头的精妙伪装，你是通过怎样的秘密小路，把我们从欢笑带到哭泣，从最天真的快乐带到美德的约束！

这个夏天在光滑的日子上溜走，溜得如此彻底而干净，我今天几乎什么都记不得了。记得的事情只有谈了些话，读了些书……

“我做了个悲伤的梦，”假期末的一个早晨，阿丽莎对我说，“我梦见自己活着，而你死了。不对，我没有看见你死。只是发生了这件事：你死了。太可怕了，光是知道你不在了我就无法接受。我们分开了，可是我觉得有办法和你相聚，我就想该怎么办，铆足了劲想去做到，都把自己弄醒了。

“今天早上，我觉得自己一直处在这个梦的感觉里，好像在继续做着这个梦。我还是感觉和你分开了，感觉会一直和你分开，很久，很久——”她声音低低地接着说，“我整个一生，整个一生都要拼命努力……”

“为什么？”

“每个人，都要拼命努力，好让彼此相聚。”

我没有认真对待她的这些话，或者说是害怕去认真对待。我的心跳得厉害，像是要提出抗议，突然鼓起勇气对她说：

“对了，今天早上，我梦见自己就要娶你了，而且坚定不移，无论什么都不能把我们分开，除了死亡。”

“你觉得死亡能把我们分开？”她接过话头。

“我想说的是……”

“我倒是觉得，死亡能够……对，能够让在活着时分开的人靠近。”

这一切都深深地嵌入我们心里，我现在连当时说话的语调还能听得见。然而，我后来才明白这些话到底有多么严肃。

夏天在流逝。田野已经空了大半，视野开阔得出乎意料。我离开的前一天，不对，是再前一天，晚上，我和朱丽叶下了台阶去往低地花园的小树林。

“你昨天给阿丽莎背了什么？”她问我。

“什么时候？”

“在采石场的长凳上，当时我们走了，你们还在那儿……”

“哦！……波德莱尔的几句诗，好像是的……”

“哪几句？你不想告诉我。”

“不久，我们会潜入寒冷的黑暗中。”[1] 我不情不愿地背了起来，谁知她马上就打断了我，用颤抖得变了样的声音继续背诵道：

“永别了，我们太过短暂的夏日之辉，万岁！”

“什么！你知道？”我叫喊起来，惊讶极了，“我以为你不喜欢诗歌……”

“怎么会呢？是因为你不背给我听吗？”她笑着说，但是有些局促……“有时候，你好像觉得我很蠢。”

“一个人可以很聪明但是不喜欢诗歌。我从来都没有听你说起过，你也没有要我背几句。”

---

[1] 出自法国诗人夏尔·波德莱尔（Charles Baudelaire, 1821—1867）的诗歌《秋之歌》（*Chant d'automne*）。

“因为阿丽莎这么做了……”她沉默了一会儿，突然说：

“你是后天走吗？”

“后天得走了。”

“你今年冬天打算做什么？”

“念师范一年级。”

“你想什么时候娶阿丽莎？”

“等我服完兵役。也要等我再想清楚一些以后要做什么。”

“你现在还不清楚吗？”

“我还不想弄清楚。我感兴趣的太多了。除非必须做出选择，除非只能这么做，否则我是不会想去弄清楚的，能拖多久就多久。”

“也是因为害怕安定下来，才推迟订婚的吗？”

我耸耸肩膀，没有回答。她追问道：

“那你不去订婚在等什么呢？为什么你们不立刻订婚？”

“我们为什么要订婚？我们知道我们现在在一起，也知道以后都会在一起，这还不够吗？为什么要告诉所有人？如果我乐意为了她信守自己的一生，你觉得我用誓言来捆住自己的爱情会更美好吗？我不觉得。誓言像是对爱情的侮辱……除非我不相信她，否则我是不会想订婚的。”

“我不相信的不是她……”

我们慢慢地走着。我们来到花园里的圆形路口，我曾经无意中在这里听到了阿丽莎和她父亲的对话。我突然猜想，也许阿丽莎就坐在圆形路口那里，也许她也正好在听我们说话，我之前见她出了门来花园。我立刻冒出一个为之心动的想法，能让她听到我不敢直接对她说的话。想出这样的诡计我很高兴，便抬高嗓门：

“哦！”我大声说道，对我这个年纪来说激昂得有点故作庄重，我只关注自己的话了，一点没有听出朱丽叶的言外之意……“哦！真希望能像照镜子一样在自己牵挂的心爱灵魂上看到我们投射过去的影像！真希望洞察别人能像洞察自己一样，甚至比洞察自己还要清楚！温存何其安宁！爱情何其纯粹！”

我自鸣得意，看着朱丽叶不知所措，认为是自己蹩脚抒情诗的效果。她突然把脑袋倚在我的肩膀上：

“杰罗姆！杰罗姆！我打心里相信你会让她幸福！如果连你都会让她痛苦，我想我会憎恨你的。”

“可是，朱丽叶，”我大声说，拥抱着她，捧起她的头，“那样我也会憎恨自己的。但愿你明白！……可是我现在还不想决定自己的生涯，因为我想更好地只和她一起开始自己的人生！我把自己未来的一切都放在她之后去决定！如果没有她，我不会愿意考虑自己以后能成为什么样的……”

“你跟她讲这些的时候她怎么说？”

“我从来不跟她说这些！从来都没说过。也是因为这个，我们还没有订婚。我们从来没有讨论过结婚，也没有讨论过以后做什么。哦，朱丽叶！和她在一起生活对我来说太美好了，所以我不敢……你明白吗？我不敢跟她说这些。”

“你想给她意外的幸福。”

“不！不是这样。但是我怕……让她害怕，你明白吗？……我预感会幸福得无边无际，担心吓着她！有一天，我问她想不想去旅行。她跟我说她什么都不想，说她只需要知道这些国家存在着，知道它们美丽，知道有人能去……”

“杰罗姆，那你想去旅行吗？”

“哪里都想去！整个人生在我看来就是一场漫长的旅行，和她一起穿越书本、人群、各个国家……你有没有思考过‘起锚’这个词的意思？”

“有！我经常想。”她低语道。

可我没怎么在听她说，让她的话像受伤的可怜鸟儿一样落到地上，我又说：

“晚上出发，在炫目的黎明中醒来，变幻莫测的波浪上似乎只有我们两人……”

“然后抵达一个港口，小时候在明信片上见过的那种，那里一切都是陌生的……我想象着你踏着跳板从船上走下，阿丽莎依偎着你的臂膀。”

“我们会赶到邮局，”我笑着补充道，“去取朱丽叶给我们写的信……”

“……从枫格兹玛尔寄出的，她待在那儿，你们会觉得那儿很小、很悲伤、很遥远……”

这真的是她说的吗？我不敢肯定，因为，跟你说，我当时心里只有爱情，哪怕说话的人在我身边，我也只听得见爱情的话语。

我们来到圆形路口附近，正要回去的时候，阿丽莎突然从阴暗处走出来。她面色苍白得令朱丽叶惊叫了起来。

“我身体不大舒服，”阿丽莎急忙结结巴巴地说，“天气有些凉。我最好还是回屋去。”她说完就离开了我们，迅速转过身朝房子而去。

“她听到我们说什么了。”阿丽莎刚走远一些，朱丽叶就叫了起来。

“可我们说的事情一点都不会让她痛苦，反倒……”

“我走了。”她说着便冲上去追姐姐。

这天夜里，我无法入睡。阿丽莎吃晚饭的时候来了，吃完就走了，说自己头疼。我们说的话她听到了多少？我不安地回想着说了什么。后来我想，也许我错了，我不该那么靠近朱丽叶，不该用胳膊随意搂着她，可那是孩子之间常有的事，而且阿丽莎有很多次看到我们这样一起走路了。啊！我真是个可悲的瞎子，摸索着寻找自己的过错，没有一刻不在回想朱丽叶的话，我当时没有好好去听，也记不得什么，可阿丽莎也许听得更清楚。算了！我担心得要疯了，一想到阿丽莎可能会怀疑自己就感到害怕，不管我对朱丽叶说了什么，或许我听进去了她的话，我顾不上什么风险，决心打败自己的顾虑和担忧，第二天就订婚。

那是我离开的前一天。我想她不开心是因为这个。一天快过去了，我没能单独和她在一起。我害怕不能在走之前跟她说上话，怕得我在快要吃晚饭的时候径直来到她的房间。她正在戴一条珊瑚项链，她抬起胳膊，弯着腰，背对着门，对着两座点亮的烛台之间的镜子看着肩膀上方，想搭上扣子。她先是在镜子里看到了我，又看了我一会儿，没有转过身。

“嘿！难道我没有关门吗？”她说。

“我敲门了，你没答应。阿丽莎，你知道我明天要走了吗？”

她一句话也没说，把没能扣上的项链放在了壁炉上。“订婚”这个词，在我看来太直接、太突然，我也不知道自己用什么委婉的说法来取代它。阿丽莎明白我的意思后，似乎踉跄了一下，靠在壁炉上……不过我自己也颤抖得厉害，都不敢去看她。

我挨着她，没有抬头去看，朝她伸出手，她没有挣脱；但是，她微微侧着脸，稍稍抬起我的手，嘴唇放在我手上，轻轻靠着我，低声说：

“不，杰罗姆，不，我们不订婚，求求你……”

我的心跳得厉害，我相信她也感觉到了。她又更轻柔地说：“不，还不到时候……”

我问她：

“为什么？”

“应该是我来问你：为什么？为什么改变主意了？”

我不敢跟她说起前一天的谈话，但她一定感觉到了我在想这件事，而且，她好像在回答我的想法，盯着我说：

“我的朋友，你误会我了，我不需要那么多的幸福。我们这样难道不幸福吗？”

她努力想笑，却笑不出来。

“不，因为我不得不离开你。”

“听着，杰罗姆，我今晚不能和你说……别坏了我们最后的时刻……不要，不要。我和以前一样爱你，放心吧。我会给你写信的，我会向你解释。我保证给你写信，明天就写……明天你一走就写。走吧，现在就走！哦，我想哭了……让我自己待着吧。”

她赶我走，温柔地推开我。这就是我们的告别，因为那天晚上我再也没能和她说上话。第二天，我走的时候，她把自己关在房间里。我看到她在窗口跟我示意告别，看着将我带走的汽车远去。

三

我那一年里没怎么见过阿贝尔·沃蒂埃。部队提前征兵了，他入了伍，当时我在准备拿学士学位证书，重修了一门修辞学课程。我比阿贝尔小两岁，师范毕业后才去服的兵役，我们两人那一年都进了这所学校。

我们愉快地又见了面。离开部队后，他旅行了一个多月。我担心看到他变了样。但他只是更硬朗了，魅力依旧。开学前的下午，我们去了卢森堡公园，我忍不住向他吐露了心事，跟他说了很多自己的感情事，其实，他已经知道了。这一年，他跟女人有了些实际交往，表现出一种有点妄自尊大的优越神情，但是我丝毫没有感到被冒犯。他嘲笑我没能占上风，他说，有这么一条公理：永远都不要让一个女人冷静下来。我由他说去，但是觉得他言之凿凿的理由对我、对她都不适用，他也直截了当地表示自己不怎么理解我们。

到校第二天，我收到了这封信：

我亲爱的杰罗姆，

我仔细想了想你的提议。（“我的提议”！她就这样称呼我们的订婚！）我担心自己对你来说年纪太大了。也许现在你觉得这没什么，那是因为你还没有机会去认识其他女人。但是我想，把自己托付给你之后，如果发现不能继续给你带来欢乐，我会痛苦的。你看这封信的时候肯定会很生气，我都听到你在抗议了。可我还是要请你再等一等，等到你的人生再明朗一些。

请你明白我说这些话只是为了你，因为我确信自己永远都不会停止爱你。

阿丽莎

我们停止相爱！这怎么可能！我感到伤心，更感到吃惊，慌乱不安地立刻就跑去给阿贝尔看这封信。

“那，你打算怎么办？”这家伙看过信后摇摇头，双唇紧闭，问了我这个问题。我举起双臂，犹豫不决，痛苦万分。“但愿你起码别给她回信！我们一旦开始跟女人争论，就已经输了……这样吧，我们周六住在勒阿弗尔，周日早上可以到枫格兹玛尔，周一第一节课前回来。我服役后还没有见过你的亲人，这个借口说得过去，我也觉得荣幸。如果阿丽莎看出来这只是一个借口，那更好！你跟你表姐谈的时候我就负责陪着朱丽叶。你得好好表现，别像个孩子……说实话，你的事情里有些地方我不大明白，你肯定没有把什么都告诉我……无所谓！我会弄清楚的……千万别告诉他们我们要去，得给你表姐来个惊喜，不让她有时间去防备。”

我推开花园的栅栏，心跳得厉害。朱丽叶立马跑来迎接我们。阿丽莎在忙着整理衣物，没有匆忙下楼。我们和舅舅还有阿斯布尔顿小姐聊天的时候，她终于来客厅了。虽然我们的突然到访打扰了她，但至少她对此没有任何表露。我想起阿贝尔说过的话，觉得她肯定是因为考虑怎么防备我才迟迟没有出现。朱丽叶兴高采烈的，更显得她矜持冷漠。我感觉她在指责我回来，至少她试图表现出指责的神情，我不敢探究这背后是不是还藏着更强烈的感情。她坐在窗户边的角落里，离我们有些远，看起来在专心致志地做刺绣，努动着嘴唇数针脚。阿贝尔在说话，真是万幸！我都觉得自己没了力气，如果不是他在讲自己服兵役的经历和旅行见闻，这次重逢就会在沉沉的死气中开始。舅舅似乎格外不安。

午饭刚吃完，朱丽叶就把我拉到一边，拖着我去了花园：

“你想得到吗，有人向我求婚了！”刚离开人群，她就大声说了起来，“费莉西姑妈昨天给爸爸写了封信，告诉他尼姆有个种葡萄的人想主动接近我，这个人挺好的。”她肯定道，“他在今年春天的社交活动里见过我几次，就迷上了我。”

“你当时注意到了这位先生吗？”我问道，不由自主地对这个求婚者抱有敌意。

“注意到了，我知道是谁。那是个天真善良的堂吉诃德，没文化，又丑又俗，滑稽得很，姑妈见了他没法严肃起来。”

“他有……机会吗？”我嘲弄地问道。

“喂，杰罗姆！你开什么玩笑！一个做生意的！……如果你见过他，你就不会问我这个问题。”

“那……舅舅怎么说？”

“我自己是这么回复的：我还太小，不打算结婚……倒霉的是，”她笑着接着说，“姑妈早料到了我会反对，在信里附言说爱德华·泰西埃尔先生——他叫这个名字——他愿意等，说他早早表明心意只是为了‘排队’……真是荒唐。

你觉得我该怎么办？总不能让人转告说他太丑了吧！”

“当然不能，可是你也不想嫁给一个种葡萄的。”

她耸耸肩：

“姑妈的心里可不会接受这些理由……不说这个了。阿丽莎给你写信了吗？”

她说得滔滔不绝，好像烦躁不安。我把阿丽莎的信递给她，她读着读着脸就红透了。我觉得她是生着气问我的：

“那你打算怎么办？”

“还不知道，”我回答道，“我是来了，可觉得应该写信，那样事情更简单，我已经后悔了，不该来这儿。你明白她想说什么吗？”

“我觉得她想让你自由。”

“可我想要的是这个吗？我，想要自由？那你明白她为什么要给我写这个吗？”

她说不，回答得干脆利索，根本没有去揣测真实情况，至少从这一刻起，我就明白朱丽叶或许是知情的。我们在小径上拐弯时，她突然转过身来：

“好了，让我一个人待着吧。你来这里可不是找我聊天的。我们待在一起已经很久了。”

她逃走了，跑着去房子那里，不一会儿，便听到她在弹钢琴。

我走进客厅的时候，她在跟找上来的阿贝尔闲聊，一边继续弹奏，但是懒懒的，像是在随意即兴创作。我走开了，在花园里晃来荡去，想找到阿丽莎。

她在菜园尽头采摘墙角初开的菊花，它们的香气里混着山毛榉枯叶的味道。空气里满是秋意。阳光稍稍温热了贴墙的果树，东方的天空却是纯洁的。她的面庞被一条大大的泽兰[1]头巾给包住了，藏得很严实，那是阿贝尔旅行时给她带回来的，这就戴上了。我走了过去，她起先没有转过身，但是忍不住微微颤抖了一下，我知道她认出了我的脚步。我挺直了身板，鼓起勇气准备抵抗她的指责，还有投向我的严厉眼神。可离她很近的时候，我却害怕得放慢了脚步，她起先没有把脸转向我，一直低着头，像个赌气的孩子，朝身后的我递来握满鲜花的手，似乎在邀请我过去。我看着这个动作，却出于玩闹没有去回应，她终于转过身来，朝我走了几步，抬起头，我看到她笑容满面。她的眼神照亮了一切，我觉得什么都一下子重又变得单

[1] 荷兰省名。

纯、自在，于是毫不费力、声音自然地开口道：

“我是为你的信来的。”

“我猜得不错，”她说，随后声音变了调，让谴责不至于太尖锐，“我就是因为这个才生气的。你怎么就没把握好我说的呢？其实很简单……（我此时已经觉得悲伤和困苦其实只是自己的假想，只存在于自己的脑海里。）我们以前就这么幸福，我都跟你说了，所以我不同意你提出的改变，你又为什么会感到惊讶呢？”

我在她身边的确感到幸福，幸福得无以复加，所以我努力让自己的所思所想和她一样。除了她的笑容，我不再抱有任何希冀，只想和她牵着手走在两边长着花儿的温暖小路上。

“只要你愿意，”我认真地对她说，顿时抛弃了其他一切希望，沉浸在此刻完美的幸福中，“只要你愿意，我们就不订婚。收到你的信时，我真真切切地感到自己是幸福的，而我就要失去这幸福了。哦！把我曾经拥有的幸福还给我，我不能没有它。我爱你爱到可以等你一辈子。可是，如果你不再爱我，如果你怀疑我的爱，阿丽莎，一想到这些我就受不了。”

“唉！杰罗姆，我不会怀疑你的。”

她说这话时声音平静而忧伤，可她灿烂的笑容依然美得如此安宁，叫我感到羞愧，我不应该忧心忡忡，不应该提出抗议，似乎是我的忧心和抗议让她的话语深处透着哀伤。我直截了当地开始讲自己的计划、学业和这种能让我受益良多的新生活。当时的师范还不是之后不久的样子，只有性格懒散或是倔强的人才会难以忍受严苛的课程，愿意认真学习的人会更加努力。我挺开心，因为这种近乎修行的习惯让我不必去接触本就不怎么吸引我的社交界，阿丽莎又害怕这个，我也立刻憎恨起它来。阿斯布尔顿小姐看管着她之前和母亲在巴黎同住的公寓。除了她，我和阿贝尔在巴黎也不认识什么人，我们每个周日都在她那里待上几个小时。每个周日我都给阿丽莎写信，不让她错过我生活中的任何事情。

我们此刻坐在敞开的窗户的框上，粗大的黄瓜藤恣意地爬过来，最后几根黄瓜已经被摘走了。阿丽莎在听我说，问我问题，我还从未感受过她温柔得如此专注，深情得如此热切。害怕、忧虑，连最轻微的不安都在她的笑容里散去了，消散在这情意绵绵的亲密关系里，像薄雾消散在蓝澄澄的天空里。

后来，我们坐在山毛榉林里的一张长凳上，朱丽叶和阿贝尔来找我们。我们在黄昏时分重读了斯温伯恩的《时间的胜利》，每人轮流读一节。天色黑了。

“走吧！”准备走的时候，阿丽莎拥抱了我，半开着玩笑，神情却像个大姐姐，或许是因为我行为冒失，或许是她有意如此。“答应我，以后别这么胡思乱想了……”

“怎么样！你订婚了没有？”周围一没了别人，阿贝尔就问我。

“亲爱的，没必要再说这事了，”我回答道，立刻用不容置疑的口吻补充说，“而且这样更好。我从来没有像今天晚上这样幸福。”

“我也是，”他大声说道，然后突然搂着我的脖子说，“我要跟你说件不可思议、无与伦比的事情！杰罗姆，我疯狂地爱上了朱丽叶！我去年就有些感觉了，之后这感觉一直都有，可我不想在见到你的姐妹们之前跟你说什么。现在，好了，我的一生都定下了。”

我爱着，怎么能说爱——我迷恋着朱丽叶！[1]

---

[1] 借用了法国剧作家让·拉辛（Jean Racine, 1639—1699）的悲剧《布列塔尼库斯》（*Britannicus*）第二幕第二场中的一句话：“我爱着，怎么能说爱——我迷恋着朱妮。”

“我早就觉得自己对你的感情像是对小舅子……”

他又笑又闹，使劲地抱着我，在回巴黎的火车上，他像个孩子似的在坐垫上滚来滚去。我被他的坦诚弄得喘不过气，还有点别扭，因为感到这其中掺杂了一些文学气息，可是该如何抵抗这么强烈的激情和喜悦呢？……

“好了！你跟她说了吗？”我终于在他抒发感情的间隙问了出来。

“当然没有！当然没有，”他喊道，“我可不想毁了故事中最迷人的篇章。”

爱情中最美好的时刻
不是说出：我爱你……[1]

“啊！你不会因为这个指责我吧，你这个慢吞吞先生。”

“可究竟，”我有点气恼，又说，“你有没有考虑过她，从她的角度……？”

“你根本没注意她这次见到我有多么慌乱！我们在那

[1] 出自法国诗人苏利·普吕多姆（Sully Prudhomme, 1839—1907）的诗歌《爱情中最美好的时刻》（*Le Meilleur moment des amours*）。

边时，她自始至终都激动又害羞，说个不停！……是啊，你当然什么都没有注意到，因为你一门心思扑在阿丽莎身上……她问了我那么多问题！她那么细细地品味我的话！这一年里她的才智真是迅猛发展。不知道你从哪里看出她不喜欢读书的，你总是以为只有阿丽莎会这样……可是亲爱的，她知道得可真多，叫人不可思议！你知道我们晚饭前拿什么消磨时间吗？我们回想但丁的一首坎佐纳[1]，每人背诵一句，我记错的时候她会提醒我。你肯定知道这句话：

爱，在我心里诉说衷肠。[2]

“你没跟我说过她会意大利语。”

“我也不知道。”我吃惊地说道。

“什么！开始背诗的时候，她跟我说是你教的她意大利语。”

“她肯定是听到我念给她姐姐听的，有一天她在我们

[1] 意大利语，意为“歌谣”，是但丁时代意大利的一种诗歌形式。

[2] 原文为意大利文 Amor che nella mente mi ragiona，出自但丁之作《康维奥》（*Convivio*）。

旁边缝东西还是在刺绣，她经常这样。真是见鬼，她都没让人看出来她懂。”

“可不是吗！你跟阿丽莎，你们真是自私得令人叹为观止。瞧你们两个在你们的爱情里甜蜜蜜的，都没有看一眼她的才智和思想出落得多么了不得！我不是在恭维自己，但我还是应该……哦不，哦不，我不恨你，你知道的，”他说着又拥抱了我，“只是，答应我，这些话一个字都别跟阿丽莎说。我想自己处理自己的事。朱丽叶迷上我了，我确信，都敢晾着她到下次放假。在那之前我都不想给她写信。不过，到了元旦假期，你跟我，我们去勒阿弗尔，然后……”

“怎么？……”

“然后，阿丽莎会突然知道我们订婚了。我打算把这事办得干脆利索。你猜然后会怎么样？你还没得到阿丽莎的允诺，我会让她看看我们走在一起是多么顺利，帮你赢得她。我们会说服她，说我们不能在你们之前办婚礼……”

他继续说着，把我淹没在源源不断的话语潮水中，火车到巴黎了也没有停，回到师范了也没有停，虽然我们是从火车站步行到学校的，虽然夜已深，阿贝尔还是陪着我回到我的房间，然后继续聊天直到早上。

阿贝尔热情地规划着现在和未来。他讲述着已经看到的两场婚礼，想象着、描绘着每个人的惊喜和愉快，心里满是我们美好的故事、美好的友谊，想着他在我们这些爱情故事里扮演的角色多么美妙。我难以拒绝这么讨人欢喜的热情，最终自己也沉浸其中，慢慢被他幻想般的提议所诱惑。在爱情的滋养下，我们雄心勃勃、勇往直前，一毕业，我们就会在沃蒂埃牧师的祝福下举办双重婚礼，我们四人都会去旅行，之后投身伟大的事业，我们的妻子会乐意给我们搭把手。阿贝尔看不上教师身份，自认为生来就是从事写作的，会写几部成功的剧本，很快挣到需要的钱财。至于我，我更喜欢研究而不是研究给我带来的利益，我想做宗教哲学研究，打算写这方面的历史……但是这会儿提起这么多心愿有什么用呢？

第二天，我们还是专心学习了。

四

时光飞逝，直到元旦假期，我的信念都没有一刻衰退，反倒因为上次与阿丽莎的交谈而激昂澎湃。和我下定的决心一样，我每个周日都给她写长长的信。其他日子里，我和同学们保持距离，只和阿贝尔来往，我生活在对阿丽莎的思念里，在自己喜欢的书本里标满了记号来给她用，期待她也会对我在书里发现的兴趣点感兴趣。她的信还是让我担心。虽然她和我一样经常回信，但是她对我的热忱更多地体现在鼓励我学习上，而不是发自内心地关心我。我甚至觉得，评价、讨论和批评对我来说只是表达想法的方式，可她却用这一切来对我隐藏想法。有时候，我怀疑她是否把这当作一场游戏……无所谓！我铁了心不去抱怨任何事情，我没有在信里透露出一丝担心。

快到12月底的时候，我和阿贝尔动身前往勒阿弗尔。

我住在普朗蒂埃姨妈家。我到的时候她不在。不过我刚在房间里安顿好，一个仆人就来告诉我她在客厅等我。

她刚问完我身体怎么样、安顿得怎么样、学得怎么样，便无所顾忌地坦露自己的关怀与好奇：

“孩子，你还没告诉我，在枫格兹玛尔待得开心吗？你的事有没有一点进展？”

我得忍受姨妈笨拙的和善，真是受罪，听着她如此简明扼要地看待感情，即便用最纯洁、最温柔的词语去形容，我都会觉得粗暴，可她的语气那么单纯、那么真诚，如果我因此生气就会显得愚蠢。不过我还是先顶了一点嘴：

“您春天的时候不是说现在订婚有些早了吗？”

“是啊，我记着呢，之前是这么说的，”她抓住我的一只手，深情地放在她的两只手里挤压，接着说，“你看，因为你还要学习、服兵役，所以你们得过些年才能结婚，这我当然知道。不过，我个人不是很看好漫长的婚约，小姑娘们会等得厌倦的……但有时也很感人……不过，也没必要把订婚弄得那么正式……让人明白就行了。哦！不要大张旗鼓的……就不需要再给姑娘们找人家了。订了婚能方便你们通信、来往，还有，如果有其他人主动追求了……这个很有可能，”她暗示道，笑得恰到好处，“就可以委婉地回复说……不，不用操心了。你知道有人来向朱丽叶求婚了吧！她这个冬天可扎眼了。她还有些小，她也是这么回复的，但是那个年轻人说自己可以等，其实他也不算年轻了……反正是个不错的对象，很靠谱。你明天会见到他的，他会来看看我的圣诞树。你到时候告诉我对他是什么印象。”

“姨妈，我怕他会白费力气，怕朱丽叶心里有了别人。”我说这话的时候费了好些功夫才没有把阿贝尔的名字脱口而出。

“哦？”姨妈怀疑地撇了撇嘴，头侧向一边，表示疑惑，“这可真是没想到！她怎么什么都没跟我说？”

我咬着嘴唇，不想继续说下去。

“啊！我们会知道的……她最近不大舒服，我说的是朱丽叶，”她又说……“好了，现在该说的不是她……哦！阿丽莎也很讨人喜欢……你到底跟她表白没有，有还是没有？”

虽然我心里完全抗拒“表白”这个词，它唐突得如此粗俗，但是迎面撞上了这个问题，我又不善于撒谎，就含混地回答说：

“是的。”我觉得自己的脸烧了起来。

“那她怎么说的？”

我低下头，本不想回答，勉勉强强、含含混混地回答说：

“她拒绝订婚。”

“好吧，她有她的道理，这个小丫头！”姨妈大声说道，“你们有的是时间，当然……”

“哦！姨妈，不说这个了。”我想让她打住，却无济于事。

“而且，她这么做我也不觉得奇怪。我一直觉得她比你更理智，你表姐……”

我不知道当时自己是怎么了，这一通审讯当然叫人恼火，我突然好像心脏要爆裂了。我像个孩子似的把自己的脑门贴在好姨妈的双膝上滚来滚去，呜咽道：

“不，姨妈，您不懂，”我大声说，“她没有要求我等……”

“什么！她拒绝你了？”她怜悯的口吻很是温柔，抬起我的额头。

“也不是……不，不完全是。”

我悲伤地摇着头。

“你害怕她不爱你了？”

“哦！不是的，我怕的不是这个。”

“可怜的孩子，如果你想让我明白，你得解释得更清楚一些。”

我感到惭愧、抱歉，因为我就这么任由自己软弱下去，姨妈当然还是无法明白我为什么含糊其词。不过，如果阿丽莎拒绝的背后藏着某个确切的动机，姨妈在对她旁敲侧击时，也许能帮我发现什么。她这就自己提到了这一点：

“听着，”她接着说，“阿丽莎明天上午来和我一起布置圣诞树，我会很快了解清楚是怎么回事，午饭的时候告诉你。我确定，你会明白其实没有什么好担心的。”

我去了布科兰家吃晚饭。朱丽叶这几天确实不舒服，好像变了。她的目光里带着有点凶猛、近乎冷酷的神情，与以前相比和姐姐更不同了。那天晚上，我没能跟她们两个中的任何一个单独交谈，不过对此我一点也不期待，舅舅看起来累了，于是我饭后没多久就走了。

每年都会有众多孩子、亲戚和朋友聚在普朗蒂埃姨妈准备的圣诞树下。这棵树矗立在门厅里，门厅框出了楼梯间，通往前厅、一间客厅和安有玻璃门的花房，我们在花房里搭了个冷餐台。圣诞树还没有装扮好，过节那天早上，也就是我到的第二天，正如姨妈提前告知的那样，阿丽莎早早就来帮她了，往树枝上挂装饰品、彩灯、水果、糖果和玩具。我倒是很乐意在她身边做这些需要心细的活儿，可是得让姨妈跟她聊聊。于是我就走了，没能看见她，整个上午都焦虑不安。

我先是去了布科兰家，想再见见朱丽叶。后来得知阿贝尔已经在我前面去找她了，我担心会打断一场决定性的谈话，就立刻走了，在码头和街道上一直游荡到午饭点。

“大蠢货！”我刚进门姨妈就叫了起来，“怎么能这么浪费生命！你今天早上跟我讲的那些话里没有一个字是说得通的……哦！我可没有拐弯抹角。我让阿斯布尔顿小姐出去散步了，她帮忙帮累了，一剩下我跟阿丽莎两个人，我就直截了当地问她为什么没有在今年夏天订婚。也许你觉得她会尴尬，其实她一刻都没有发慌，非常平静，回答说不想在妹妹之前结婚。如果你坦率地问她，她也会这么回答你的。这有什么好苦恼的呢，是吧？你看，孩子，没有什么比坦率更好的了……可怜的阿丽莎，她还跟我说她不能离开父亲……哦！我们聊得够多了。她非常理智，这个小姑娘。她还跟我说她目前不是很确信自己能成为适合你的人，说她担心自己对你来说太老了，希望最好是某个跟朱丽叶年纪相仿的人……”

姨妈还在说，可我没有再听。对我来说只有一件事情是重要的：阿丽莎不愿意在妹妹之前结婚。这不是有阿贝尔吗！看来这个妄自尊大的家伙说得不错，就像他说的那样，要趁此机会，拿下我们的两场婚礼……

这么简单的发现却令我激动不已，我尽量不让姨妈看出来，只露出一种她觉得很自然的喜悦，让她以为这喜悦是她带给我的，她就更开心了。不过午饭一吃完，我就不记得找了个什么借口离开了她，跑去找阿贝尔。

“瞧瞧！我怎么跟你说来着的！”我刚分享完自己的喜悦，他就抱着我大声说道，“我亲爱的，我现在可以向你宣布，早上我和朱丽叶基本上谈妥了，虽然我们基本上只说了你。不过她好像累了，神经紧张……我没说太多，怕她激动，也没待太久，怕她兴奋。现在你又告诉我这些，那就大功告成了！亲爱的，我这就去拿手杖和帽子。你得陪着我一直到布科兰家的大门，要是我在路上飞了起来你得抓住我，我觉得自己比欧福里翁[1]还要轻盈……等朱丽叶知道姐姐拒绝你只是因为她，等我立刻向她求婚……啊！我的朋友，我已经看到我的父亲今晚在圣诞树

[1] 希腊神话中英雄阿喀琉斯和美人海伦的儿子。

前赞美上帝，幸福得流着眼泪，伸出满是祝福的手放在两对拜倒在地的未婚夫妇的头上。阿斯布尔顿小姐会在一声叹息中消失，普朗蒂埃姨妈会融化在衣服里，灯火辉煌的圣诞树会歌颂上帝的荣光，像《圣经》中的诸山一样拍着手。”

直到黄昏时圣诞树才点亮，孩子、亲戚和朋友们都来聚在圣诞树周围。我无所事事、忧心忡忡、心急如焚，离开阿贝尔后，为了消磨等待的时间，我冲出去在圣阿德烈斯斜坡上跑了好一阵，却迷了路，消磨了很长时间，回到普朗蒂埃姨妈家的时候，庆祝活动已经开始一阵子了。

刚进门厅，我就瞥见了阿丽莎，她好像在等我，立马就朝我走来。她脖子上戴着一只有年代的紫水晶小十字架，在浅色上衣的领口处露出来，那是我送给她的，以纪念我的母亲，但是我还没有见她戴过。她的面部线条绷得紧紧的，脸上痛苦的表情让我预感不妙。

“怎么来这么晚？”她说话时的声音气短而快速，“我本来想跟你谈谈的。”

“我在斜坡上迷路了……你是不舒服了吗……哦！阿丽莎，发生什么事了？”

她在我面前有一瞬间像是呆住了，嘴唇颤抖。一种不安压迫着我，我都不敢再问下去了。她把手放在我的脖子上，想把我的脸拽过去。我觉得她有话想说，可这时客人们来了，她泄了气，手落了回去……

“还不是时候。”她嘀咕道。她见我满眼泪水，于是回答我眼神里的疑惑，好像觉得这个轻飘飘的解释就能让我平静下来：

“没什么……放心吧，我只是头疼，这些孩子太吵闹了……不得不在这儿躲一躲……我该去找他们了。”

她忽的一下离开了我。一群人拥进来，把我和她隔开来。我想去客厅里找她，却瞥见她在客厅的另一头，周围是一帮孩子，她在带他们做游戏。在我和她之间是形形色色的人，我意识到如果冒险从他们身边经过，是不可能不被拦下的，还要应付客套话，我觉得自己做不来这些，或许只能贴着墙溜过去……试试吧。

正要经过花房的玻璃大门时，我感觉有人抓住了自己的胳膊。是朱丽叶，她遮遮掩掩地躲在门洞里，裹着帘子。

“我们去花房里吧。”她急匆匆地说，“我得跟你谈谈。你从你那边过去，我马上就去找你。”说完，她微微拉开门，溜进了花房。

发生什么事了？我本来是想见阿贝尔的。他说什么了？做什么了？……我朝门厅走去，来到朱丽叶在等着我的暖房。

她的脸像着了火似的，眉毛蹙起，眼神里沉重而痛苦。她的眼睛亮闪闪的，像发了烧，连声音都似乎变得粗粝而短促。她狂热得激动起来。我虽然担心，但还是惊讶，她美得都快让我不知所措了。只有我们两个。

“阿丽莎跟你说了吗？”她随即问我。

“就说了两句，我回来得太晚了。”

“你知道她想让我先结婚吗？”

“知道。”

她盯着我……

“那你知道她想让我嫁给谁吗？”

我待在那儿没有回答。

“你。”她叫着说道。

“真是疯了！”

“可不是吗！”她的声音既失望又得意。她挺直了身子，其实是向后仰了仰……

“我现在知道该做什么了。”她咕咕哝哝地加了一句，打开花房的门，在身后重重地关上。

我头脑和心里的一切都在摇摇欲坠。我感到太阳穴下的血液怦怦直跳。只有一个想法能让我不再慌乱：去找阿贝尔，或许他能跟我解释为什么这两姐妹言语怪异……但是我不敢走进客厅，觉得那里每个人都会看出我心烦意乱。我出去了。花园里冰凉的空气让我冷静下来，我在那里待了一阵子。夜晚降临，海雾遮住了城市，树木没了叶子，大地和天空似是荒凉得无边无际……歌声响了起来，肯定是围着圣诞树的儿童合唱团唱的。我从门厅回去了。客厅和前厅的门开着。在此刻无人的客厅里，我瞥见了姨妈，她躲在钢琴后面跟朱丽叶说话，却没藏好。前厅里，客人们挤在节日之树的四周。孩子们唱完了圣歌，安静片刻后，沃蒂埃牧师在树前开始了讲道。他不放过任何一个机会来说他的“播撒良种”。灯光和热气让我觉得不舒服，我又想出去了，却看到阿贝尔倚着门，他在那里肯定有一会儿了。他带着敌意看着我，我们的目光相遇时他耸了耸肩。我向他走过去。

“白痴！”他低声说道，又突然叫了起来，“啊！来啊！我们出去吧，我听够了好话！”刚到外面他就又说了一遍：“白痴！”我焦虑地看着他，没有说话。“可她爱的是你，白痴！你怎么没告诉我？”

我呆住了。我不想弄明白。

“你没法告诉我，不是吗！你都没法自己一个人意识到这点！”

他抓住我的胳膊疯狂地摇晃着我。他的声音从咬紧的牙关里蹦出来，发出颤抖的摩擦声。

“阿贝尔，求你了，”沉默了一会儿后我对他说，声音也在颤抖，他拖拽着我大步乱走，“别这么生气了，还是好好告诉我是怎么回事吧。我简直是一头雾水。”

在路灯的微光下，他突然拉着我停下来，凝视着我，随后一把把我拉过去，他把头放在我的肩膀上，啜泣着低声说：

“对不起！我真蠢，我也蠢，并没有比你看得更清楚，我可怜的兄弟。”

哭着哭着，他似乎平静了一些。他抬起头，又走起路来，接着说：

“怎么回事？……现在回过头去看有什么用呢？我早上跟朱丽叶聊过了，这个我跟你说过了。她真是美丽活泼。我之前以为那是因为我，其实是因为我们在说你，仅此而已。”

“你就没意识到这个吗？……”

“没有，不是很清楚，但现在连最细微的迹象也明了了……”

“你确定没弄错吗？”

“弄错？不可能，亲爱的，谁都看得出来她爱你，除非变成瞎子。”

“那阿丽莎……”

“所以阿丽莎牺牲了自己。她无意间发现了妹妹的秘密，想让位给她。明白了吧，老朋友！这不难理解，不过……我本来想跟朱丽叶再谈谈的，我还没跟她说几句，或者说，其实是她一明白我的意思，就从我们坐着的沙发上站起来，说了好几次‘我早就知道’，口吻却根本不像那么回事……”

“啊！你就别说笑了！”

“怎么不能？我觉得这事挺可笑的……她冲进她姐姐的房间。我听到一阵阵暴躁的声音，挺意外的。我希望能再见到朱丽叶，但是过了一会儿，出来的是阿丽莎。她头上戴着帽子，看到我后神情尴尬，急急忙忙打了个招呼就走过去了……就这样。”

“你没有再见到朱丽叶？”

阿贝尔犹豫了一会儿说：

“见到了。阿丽莎走后，我推开了她的房门。朱丽叶在那儿，在壁炉前面一动不动的，两只胳膊撑着大理石台面，双手托着下巴，盯着镜子里的自己。她听到我进来后，没有转过身，而是跺着脚喊：‘啊！走开！’语气很生硬，我就走了，没有请求她让我留下。就这样了。”

“那现在呢？”

“啊！跟你说说我感觉好些了……现在？这个，你得努力让朱丽叶放下她的爱，因为在那之前阿丽莎是不会回到你身边的，除非我压根儿不了解阿丽莎。”

我们走了很久，沉默不语。

“回去吧！”他最后开口道，“客人们这会儿都走了。我怕父亲在等我。”

我们回去了。客厅已经空了，门厅里，圣诞树上的东西都被取走了，光秃秃的，黯淡无光，旁边只剩下姨妈和她的两个孩子、布科兰舅舅、阿斯布尔顿小姐、牧师、表姐妹们，还有一个很滑稽的人物，我之前见他跟姨妈一直在聊，但这时意识到他就是朱丽叶跟我说过的求婚者。他比我们中的任何一个都要高大强壮、面色红润，但是快秃顶了，他属于另一个等级、另一个阶层、另一种族群。他在我们中间好像觉得格格不入，紧张地又拽又拧着大胡子下面一排花白的小胡须。门厅里不再亮堂，门还开着，我们两个都悄无声息地，没有人注意到我们出现了。一种可怕的预感攫住了我。

“等等！”阿贝尔抓住我的胳膊说道。

只见那个陌生人靠近朱丽叶，拉住她的手，她把手交给他，没有抗拒，没有看向他。我的心被夜晚笼罩了。

“阿贝尔，这是怎么了？”我小声问道，像是还没弄明白，也像是希望自己不明白。

“我的天！小的那个在抬高身价，”他嘘着声说道，“她不想一直被姐姐压着。天使们肯定在上面鼓掌呢！”

舅舅过来拥抱了朱丽叶，阿斯布尔顿小姐和姨妈围着她。沃蒂埃牧师走上前去……我往前走了走。阿丽莎发现了，朝我跑过来，微微颤抖地说：

“杰罗姆，这可不行。她不爱他啊！她今天早上可是跟我说了的。去阻止她，杰罗姆！哦！她会变成什么样？……”

她依偎着我的肩膀，绝望地哀求着。我愿意献出自己的生命来减轻她的苦恼。

突然一声叫喊从圣诞树那里传来，一阵混乱……我们跑过去，朱丽叶不省人事地倒在姨妈怀里。每个人都赶过去，朝她弯着腰，我勉勉强强能看到她。她的头发散乱着，仿佛在朝后牵拉着她苍白得可怕的脸。她身体的惊跳反应让人觉得这并不是一次普通的昏厥。

“哦没事！没事！”姨妈大声说道，想让惊慌失措的布科兰舅舅放心下来，沃蒂埃牧师已经举起食指在安慰他了，“哦没事！什么事都不会有。太激动了，就是神经受刺激了。泰西埃尔先生，来帮个忙，您比较强壮。我们把她送到楼上我房间里，放我床上……放我床上……”随后她凑着大儿子的耳朵说了一句话，只见他立刻就走了，肯定是去找大夫了。

姨妈和求婚者从肩膀下面托着朱丽叶，她半仰着倒在他们的臂弯里。阿丽莎抬起妹妹的双脚，轻轻地抱着。阿贝尔稳住她后仰的头，我看到他弯着腰，拢起乱糟糟的头发，亲了个遍。

在房间门口，我停下了脚步。我听到朱丽叶躺到床上了，阿丽莎跟泰西埃尔先生和阿贝尔说了几句话，没听见说了什么。阿丽莎一直把他们送到门口，请我们让她妹妹休息，她只想和普朗蒂埃姨妈留下来陪着……

阿贝尔抓住我的胳膊把我拖到外面。在夜里，我们久久地走着，没有目的，没有勇气，没有想法。

五

除了爱情，我在自己的生活里找不到任何意义，我紧紧攥着它，只在等着女友的消息，也只想等她的消息，此外的一切都毫不关心。

第二天，我正准备去看她，姨妈叫住了我，递给我这封她刚刚收到的信：

> ……朱丽叶激动得厉害，一直快到早上喝了医生开的药才好些。我恳求杰罗姆这几天不要来。朱丽叶会认出他的脚步或是声音，她需要彻底的安静……
>
> 看着朱丽叶现在这样，恐怕我得留在这里。如果我没能在杰罗姆走之前见到他，亲爱的姨妈，告诉他，我会给他写信的……

这道禁令只针对我。姨妈不受影响，一切按响布科兰家门铃的其他人都不受影响，姨妈还打算那天早上就去。

我可能发出的动静？这个借口太蹩脚了……行！

“好。我不去。”

我很痛苦，不能立刻见到阿丽莎，却又害怕再见到她，害怕她认为我应该对她妹妹的情况负责，我宁愿忍着不去见她，也不愿意看到她生气。

我想起码见见阿贝尔。

在他的房门口，一个女仆递给我一张纸条：

> 我留下这些话是不想让你担心。我在勒阿弗尔待不下去了，离朱丽叶这么近。我昨晚已经坐船去南安普顿了，跟你告别后不久就走了。我会在伦敦的S家过完这个假期。学校见。

……一时间没有任何人可以救我了。我不会继续待下去了，这里留给我的只有痛苦，我要在开学之前回到巴黎。我将目光转向上帝，从祂那里降下了“真正的慰藉、各样美善的恩赐和各样全备的赏赐”[1]。我将自己的苦难呈

[1] 化用了《圣经·雅各书》第一章第十七节的第一句：“各样美善的恩赐和各样全备的赏赐都是从上头来的。”

现给祂。想到阿丽莎向祂寻求躲避，想到她也在祷告，我就备受鼓舞，更加积极地祷告。

很长一段时间里，我都在沉思和学习，除了看阿丽莎的信、给她写信，便没有什么事了。我保留了她所有的信，我的回忆后来模糊不清，就在这些信件里辨认方向……

我从姨妈那里得到了勒阿弗尔的消息，起先也只是通过她。她告诉我头几天朱丽叶痛苦的状态多么让人忧心忡忡。走后十二天，终于，我收到了阿丽莎的这封信：

> 亲爱的杰罗姆，原谅我没有早点给你写信。可怜的朱丽叶状态不好，所以我没时间写信。你走后，我就几乎没有离开过她。我请姑姑告诉你我们的消息，我想她这么做了。所以你应该知道这三天朱丽叶好些了。我已经感恩过上帝了，但是还不敢高兴起来。

罗贝尔在我之后几天也回到了巴黎，我到现在都没怎么说起过他，他给我带来了他姐姐们的消息。我看在她们的面子上才照顾他，照我的性子，是不会自然而然地这么做的。每回他就读的农科学校放假，我就带着他，绞尽脑汁陪他消遣。

我正是从他那里知道了自己不敢问阿丽莎和姨妈的事情：爱德华·泰西埃尔隔三岔五地来打听朱丽叶的情况，但是罗贝尔离开勒阿弗尔的时候，她还没有再见过他。我还得知自己走后，朱丽叶在她姐姐面前一直固执地沉默着，什么都打破不了这沉默。

之后不久，姨妈告诉我朱丽叶订婚了，我猜阿丽莎希望立马看到这桩婚约取消，而朱丽叶自己要求家人尽早正式办了。任何反对这个决定的建议、命令、哀求都被撞碎了，这个决定横亘在她的额头上，让她的双眼紧绷，把她围禁在自己的沉默里……

时光流逝。我只收到阿丽莎再沮丧不过的信，也不知该如何回信。冬日的浓雾包裹着我，我的台灯躲不掉，我整个赤诚的爱情和信仰都躲不掉，唉！躲不掉我心里的黑夜和寒冷。时光流逝。

后来，一个春天的早晨，我突然收到一封阿丽莎写给姨妈的信，是姨妈转交给我的，她当时不在勒阿弗尔，我抄下了能够把前因后果说清楚的部分：

……赞美我的顺从吧。我照你的吩咐接待了泰西埃尔先生，我跟他聊了很久。我发现他表现完美，我承认自己相信这桩婚事不会像我起先担心的那样不幸。当然，朱丽叶不爱他，但是我觉得他每一周都越来越值得去爱。他谈论现状时头脑清晰，也没有误解妹妹的脾气，他非常相信自己的爱意会奏效、相信他自己，而且认为没有什么是自己的忠贞不能战胜的。说这些是想告诉你他陷入了热恋。

其实，看到杰罗姆这么照顾弟弟，我非常感动。我想他只是出于义务才这么做的，因为罗贝尔的性格跟他大相径庭，或许也是为了取悦我，但是他肯定已经意识到，承担的义务越是艰难，就越能够锻炼灵魂、让它成长。这就是我崇高的思考！别太嘲笑你的大侄女，因为正是这些想法支撑着我，帮助我尽力看好朱丽叶的婚事。

你热情地关心着我，真是太温柔了，我亲爱的姑妈！……不过可别觉得我可怜，其实恰恰相反，因为最近让朱丽叶心绪不宁的磨难间接影响了我。“倚靠人血肉的膀臂，那人有祸了。”[1] 经文里的这句话我之前反复

[1] 出自《圣经·耶利米书》第十七章第五节，中间删去了一句，全节为：“耶和华如此说：倚靠人血肉的膀臂，心中离弃耶和华的，那人有祸了！”

诵读却没怎么理解，现在豁然开朗了。早先没有在《圣经》里读到它的时候，我就在一张小小的圣诞画卡上看到了，那是杰罗姆寄给我的，当时他还没有十二岁，我刚刚十四岁。这张画卡上的那束花我们觉得很美，旁边写有几句高乃依的释义诗：

何来凡力所向披靡
托我今朝升向上帝？
可悲可怜，安生立命
怎能假于他人之手！[1]

不过说实话，我还是更喜欢耶利米哀歌的简洁诗句。杰罗姆选择这张卡片时肯定没怎么注意到上面的诗句。但是，从他的信件来看，他今天的心绪跟我很像，我每天都感恩上帝同时让我们两个靠近祂。

我记得我们的谈话，我不想打扰他学习，不像以前那样给他写长长的信了。你一定会觉得我谈他谈得起

[1] 实际上，这几行诗出自法国剧作家拉辛的《凡尘碌碌皆为空》(*Sur les vaines occupations des gens du siècle*)，收录于《属灵赞美诗》(*Cantiques spirituels*)。

劲是想获得补偿。我怕写个没完，这就打住。这一次，别太埋怨我。

这封信真叫人百感交集！我抱怨姨妈冒冒失失地介入进来（阿丽莎影射的这场谈话是什么？她还不告诉我？），抱怨她的关心不合时宜，不应该把这个交给我。阿丽莎没有告诉我的事情却写给了别人，既然我已经痛苦地忍受着她的沉默，啊！那不让我知道这些岂不是要好上一千倍！这封信里的一切都让我恼火，她这么轻易地就告诉姨妈我们之间的小秘密，语气自然、平静、认真、愉快……

“哦不，我可怜的朋友！这封信里没什么值得生气的，除了知道她有些事没告诉你。”阿贝尔对我说，他是我的生活伙伴，我只会跟他说，孤独的时候，我总是把脆弱的自己倚靠在他身上，哀怨地需要他共情，不相信自己，而困惑的时候，虽然我们性情有所不同，或者说正是因为我们不同，我相信可以听从他的建议。

“我们来研究一下这封信。”他边说边把信摊开在书桌上。

我恼了三个晚上，气了四天！我终于还是理所应当地来听听朋友会说什么：

“朱丽叶跟泰西埃尔这一对，就让他们爱得火热去吧，好吧？我们知道火焰意味着什么。当然咯！我觉得泰西埃尔就是那只要去自焚的蝴蝶……”

“不管了，”我对他说，反感他的这些玩笑，“来说说其他事吧。”

“其他的？”他说……“其他的都是写给你的。你就抱怨吧！没有哪一行、没有哪个词不是在想着你。可以说整封信都是写给你的。费莉西姨妈把这封信转寄给你，只是把它交给了真正的收件人而已。因为没法直接给你，阿丽莎才告诉这个善良的女人，作为首选的权宜之计。高乃依的诗句对你姨妈来说有什么用啊！对了，那其实是拉辛的。我跟你说，她是在跟你谈心，她是在对你说出这一切。要是你表姐半个月内没有给你轻松愉悦地写长长的信，你就是个傻子……”

“她才不会这么做！”

“她会不会去做全在于你！想听听我的建议吗？从现在起，很长一段时间里都不要说你们之间的爱情，也不要说婚姻，别冒一个字……难道你没有发现吗？自从她妹妹出了事，她看重的就是这个。你跟她经营手足之间的感情，坚持跟她说说罗贝尔，你照顾这个小傻瓜还是有耐心的。继续单单只跟她在才智上产生共鸣，剩下的一切都会随之而来。啊！如果是我给她写信！……”

“你不配爱她。”

我还是听了阿贝尔的建议。果然，阿丽莎的来信很快又欢快了起来。但我并不指望她是真的快乐，也不指望她能对我敞开心扉，除非情形稳定，或者朱丽叶的幸福有所保障。

阿丽莎传来了她妹妹的好消息。朱丽叶的婚礼会在七月举行。阿丽莎写信说，她想了想，觉得那天我和阿贝尔会因为学业而不能抽身……我明白她其实是不希望我们参加庆典，于是我们借口要参加考试，只是寄去了祝福。

婚礼过后大概半个月，阿丽莎给我写了这封信：

亲爱的杰罗姆：

你能想象我有多惊讶吗，昨天，我随意打开了你给我的那本漂亮的拉辛作品，在书里发现了你以前给我的圣诞小画卡上的四行诗，我保存在《圣经》里都快十年了。

何来凡力所向披靡

托我今朝升向上帝?

可悲可怜，安生立命

怎能假于他人之手!

我原先以为这几句释义诗是高乃依写的，之前并不觉得有多出色。但是，继续读拉辛的第四卷《属灵赞美诗》时，我赫然看到一些诗节，美得让我忍不住摘抄给你。你肯定已经读过了，因为你在书本页边上写了首字母透露给我（我习惯在我和阿丽莎的书本上写满她名字的首字母，因为看到每一个喜欢的段落都想让她知道）。无所谓！我是因为开心才誊写下这些的。我起先有点生气，因为看到你送的是我以为自己发现的东西，后来这种可耻的感情退去了，因为想到你和我一样喜欢这些诗句我就会快乐。抄写的时候，感觉自己在和你一起重新阅读。

阵阵如雷，声声入耳

慧智不朽，谆谆训诫:

凡人之子，你们

勤勤恳恳，收获几何?

灵魂空虚，犯下过错
竟抽取体内纯洁之血
屡屡拿去沽换
可不换果腹的面包
却换来黑影一片
较之往日愈发饥饿

我给你们带来的面包
乃是供给天使的食粮
上帝躬亲烹制
采用他的小麦精华
这面包美味可口
你们追随的世界里
毫无可能端送上桌
如愿追随于我，便予以相赠：
近上前来。可想活命？
拿去吧，吃掉吧，好好活着吧。
……
灵魂束缚在幸福中
在你的枷锁下寻得安宁

依靠汲取活水解渴
取之不尽用之不竭
人人都能喝这涌泉
众生皆是它的宾客；
但我们疯狂奔逐
寻找污浊的水源
寻找虚假的水池
那里的水时时刻刻都会流走。

多美啊！杰罗姆，多美啊！你真的和我一样觉得这很美吗？我这个版本上有一条小注释说曼特侬夫人听着德·欧马尔小姐唱这首赞美诗，啧啧称赞，“掉了几滴眼泪”，还让她重新唱了其中一部分。现在我打心里懂得它了，也不会厌烦去背诵它。我现在唯一伤心的就是还没有听你念过它。

去旅行的人传回来的消息依然很好。你已经知道朱丽叶有多么享受巴约讷和比亚里茨，虽然那里热得可怕。他们后来去了富恩特拉比亚，在布尔戈斯停了停，两次横穿了比利牛斯山……她如今在蒙塞拉特给我写了一封热情洋溢的信。他们打算在巴塞罗那再待上十天，然后去尼姆，爱德华想在九月之前从那里回来，好准备收割葡萄的各项事宜。

这个星期，我和父亲都在枫格兹玛尔，阿斯布尔顿小姐明天来跟我们相聚，罗贝尔四天后来。你知道这个可怜的男孩没通过考试，不是因为题目难，而是因为考官问了他一些稀奇古怪的问题，他都糊涂了。我不相信罗贝尔没有准备，你也写信跟我说了他学习热情高涨，但是这个考官好像就喜欢让学生难堪，以此为乐。

而你回回成绩斐然，亲爱的朋友，这太顺理成章了，都不知该怎么向你表示祝贺。杰罗姆，我非常相信你！一想到你，我的心里就充满了希望。你现在就要开始跟我说过的工作了吗？……

……这儿的花园里什么都没有改变，可是房子空空荡荡的！你会明白为什么我恳请你今年不要来，对吗？我觉得这样会更好，我每天都反复跟自己这么说，因为这么长时间见不到你，我很煎熬……有时候，我会不由自主地去找你，我会停下手中的阅读，突然转过头去……好像你就在那里！

我继续写信。夜深了，所有人都睡了，我还在写，面前是打开的窗户，花园里满是芬芳，空气温热。你记不记得，我们还小的时候，我们一看见或者一听到某个东西很美，就会想：感谢上帝创造了它……今夜，我整个灵魂都在想：感谢上帝让今夜如此美丽！我突然希望你在这里，感觉到你在这里，在我身边，这感觉强烈到或许你也会感觉到。

你在信里说得不错："在禀性高洁的灵魂里"，钦慕会和感恩融为一体……我还想给你写好多事情呢！我想起朱丽叶跟我说的灿烂国度。我想起其他更宽广、更灿烂、更荒芜的国度。我不知道那会怎样实现，却总是莫名地相信，有一天，我们会一道去看某个崇高的神秘国度……

你肯定能想象得出，我读这封信的时候开心得激动不已，甜蜜得啜泣不止。一封又一封的信纷至沓来。当然，阿丽莎感谢我没有去枫格兹玛尔，当然，她恳请我今年不要试着去见她，可她又因为我不在而感到遗憾，她希望我在，同样的呼唤一页接着一页地回响着。我从哪里能获得去抗拒的力量？当然是靠着阿贝尔的建议，靠着害怕一下毁了喜悦的担心，靠着对抗内心冲动的天然克制。

我抄下之后的信件里所有能阐明这段故事的内容：

亲爱的杰罗姆：

读着你的来信，我开心得要融化了。我正要回复你从奥尔维耶托寄来的信，巧的是，佩鲁贾和阿西西的信就到了。我的思绪飞了出去，只有我的身体假装待在这里。实际上，我跟着你一起走在翁布里亚的白色道路上，我和你一道早上出发，用一种全新的视角去看晨曦……你真的在科尔托纳的露台上呼唤过我吗？我听到你了……在阿西西北部的山里我们渴得要命！方济各修士给的那杯水好喝极了！哦我的朋友！我透过你看到了每一件事物。真喜欢你写给我的关于圣方济各的内容！是啊，应当寻求思想的激昂，而不是思想的解放，不是吗？后者的出现意味着有可恶的傲气。不要把自己的雄心用于反抗，而是要用于效劳……

尼姆来的消息好得让我觉得上帝允许我沉醉于喜悦。这个夏天唯一的阴影，就是我可怜的父亲的状态，虽然我在照顾他，可他还是愁眉苦脸，其实是，一旦我留他一个人，他就会悲伤起来，而且总是难以自拔。我们周围大自然的欢乐之声他都漠不关心，甚至都不想去听一听。阿斯布尔顿小姐还好。我给他们两个念你的信，每一封都会让我们聊上三天，然后又一封信就到了。

……罗贝尔前天离开我们了，他要在朋友R的家里度过最后几天假期，这位朋友的父亲经营着一家有模有样的农场。我们在这里过的生活对他来说确实算不上快活。他说要走的时候，我只能鼓励他实现自己的计划……

……我有好多话想对你说，真想聊个不停！有时候我想不出该说什么了，思路也不清晰。今晚给你写信恍如做梦，一直只有几近压迫的感觉，像是有无尽的财富要去给予和接受。

我们之前怎么会那样做，好几个月里都沉默不语？我们肯定是在冬眠。哦！就让这永远结束吧，可怕的沉寂冬日！自从你又像以前一样，生活、思想、我们的灵魂，一切都显得美丽、可爱、无限富饶。

9月12日

我收到了你从比萨寄来的信。我们也度过了一段晴朗的时光，我还从来没觉得诺曼底这么美丽。前天，我一个人步行穿过了一大片田野，随意走走。回去的时候很兴奋，不怎么疲惫，整个人沉醉于阳光，快乐得很。烈日下的谷堆真是美极了！我不需要想象身在意大利就能感到眼前的一切都赏心悦目。

是啊，我的朋友，正如你所说，我在自然的“混音赞歌”中听到的、懂得的是一种喜乐激励。我在每一首鸟儿的歌唱中听到了它，在每一朵花儿的芬芳中嗅到了它，于是明白热爱是祷告的唯一形式，我和圣方济各一道反复呼唤：上帝！上帝！“而非他者”[1]，心里满是难以言表的爱。

不过别担心我会变成无知兄弟会的修女！最近这些日子我读了很多书，趁着几个下雨天，我像是把自己的热爱收在了书本里……我读完了马勒伯朗士[2]，又立马拿起了莱布尼兹的《给克拉克的信》。后来，我想放松一下，就读了雪莱的《倩契》，觉得无趣，还读了《含羞草》……也许我会让你生气，但是我觉得雪莱的所有作品、拜伦的所有作品都比不上我们去年夏天一

[1] 原文为意大利文 e non altro。

[2] 马勒伯朗士（Malebranche, 1638—1715），法国哲学家、神学家，法兰西科学院院士，笛卡尔学派的代表人物。

起读的济慈的四首颂歌，同样，我也觉得雨果的所有作品都比不上波德莱尔的几首十四行诗。“伟大的诗人”这个表述没有任何意义，重要的是成为一个纯粹的诗人……哦我的兄弟！谢谢你让我认识这一切、懂得这一切、爱上这一切。

……不，不要为了重逢那几日的快乐而缩短你的旅程。说真的，我们最好还是不要见面了。相信我，你要是靠近我，我就不会这么想你了。我不想让你痛苦，但是我现在不再期待你的出现。你相信吗？如果知道你今晚要来……我会躲起来的。

哦！别要求我向你解释这种……感情，求求你。我只知道自己时时刻刻都在想你（这应该足以让你幸福了），只知道自己这样是幸福的。

……

最后这封信收到后不久，我刚从意大利回来，就应征去服兵役，被派到了南锡。我在那边没有结识到有趣的灵魂，不过我乐意独处，因为这样对我作为恋人的骄傲来说、对阿丽莎来说，更明确了她的信是我唯一的避难所，而对她的回忆，如龙萨所言，是“我唯一的隐德来希”[1]。

说真的，我欢欣雀跃地忍受着必须服从的艰难训练。我坚挺地抵抗着一切，在写给阿丽莎的信里，我只埋怨她不在身边。我们甚至把这次长时间的分别当成一种值得我们去勇敢面对的考验。“你从来都不抱怨，”阿丽莎给我写道，“我想象不出你会倒下……”看着她的这些话，我还有什么受不了的？

自从我们上一次见面，差不多已经流转了一年。她好像没有想过这一点，现在才开始等待。我因此怪罪了她。她回信说：

> 难道我没有和你一起在意大利吗？薄情寡义的！我一天都没有离开过你。你现在要明白，我有一段时间不能再跟随你了，只有这个，才是我说的“分开”。真的，我很努力地想象着你当兵的样子……可是做不到。

---

[1] 出自法国诗人皮埃尔·德·龙萨（Pierre de Ronsard，1524—1585）的诗集《爱情》（*Les Amours*）中的《第六十九首十四行诗》（*Sonnet 69*）。隐德来希，亚里士多德用语，意为“完全实现”，指的是实现了的目的，以及将潜能变为现实的能动本源。

我最多又见到你晚上在甘贝塔街的那间小房间里，在写信或是读书……也可能同时，对吧？实际上，我只能一年后在枫格兹玛尔或是勒阿弗尔再见到你。

一年！我不去数已经过去了多少日子，我的希望盯住那个将要到来的点，它慢慢地、慢慢地在靠近。你还记得吗，花园尽头有堵矮墙，我们在墙角栽种了菊花，冒着危险走在墙上。你和朱丽叶大胆地走在上面，像是要径直前往天堂的穆斯林。而我刚走几步就头晕，你在下面大喊："别看脚！……看前面！一直往前走！盯着目标！"后来，你最终爬上了另一端墙头等我，这比你说几句话更管用。我就不再颤抖了，也不再头晕，我只看着你，一直跑进你敞开的怀抱里……

杰罗姆，如果不去信任你，我会怎样？我需要感到你强壮，需要依靠着你。别软弱。

出于一种挑战，我们恣意地延长了等待的时间，也害怕重逢时不尽如人意，于是商量好，临近新年的那几天假期我去巴黎，待在阿斯布尔顿小姐身边……

我说过，我不会把这些信全部誊写下来。下面这封信是在二月中旬收到的：

太激动了，前天在帕里斯街上看到M店铺的橱窗里醒目地展示着阿贝尔的书，你跟我说过，但我之前不相信这是真的。我忍不住走进店里，但是这本书的标题太滑稽了，犹豫着要不要跟店员说，甚至打算随便拿上一本书就离开。幸好柜台旁有一摞可以任取的《如胶似漆》，我拿起一本，扔下一百个苏，不需要告诉店员。

感谢阿贝尔没有给我寄他的书！我翻阅的时候没法不感到羞耻，不是因为书本身，虽然我在书里看到蠢话比下流话还要多，却是因为想到这是阿贝尔，你的朋友阿贝尔·沃蒂埃写下的。我一页又一页地寻找着《时代》的评论家在其中发现的“才华横溢”，却一无所获。在我们勒阿弗尔的小圈子里，人们经常谈起阿贝尔，我听说这本书获得了巨大的成功。我听人把这精神里无可救药的肤浅称为“轻盈”和“优雅”，我当然谨慎地保留了自己的意见，只跟你说说阅读体验。可怜的沃蒂埃牧师，我见他起先只是失望，后来怀疑其实这没什么值得骄傲的，但身边每个人都一个劲地让他相信儿子成功了。昨天，在普朗蒂埃姑妈家，V太太突然跟他说：

“您应该很幸福呀，牧师先生，您的儿子这么成功！”他有点不好意思地回答说：“上帝啊，我还没有到那个程度……”“您会的！会的！”姑妈说，她当然没有恶意，不过语气很是鼓舞人心，所有人都笑了，连牧师也笑了。

我知道他在为某个通俗剧院准备《新阿贝亚尔》的剧本，好像所有的报纸都已经说开了，上演后得更不得了吧！……可怜的阿贝尔！这真的是他渴望的成功吗！是他满意的成功吗！

我昨天看《永恒的慰藉》时读到这几句话：“若是诚意渴求真正且永恒的荣耀，便不会在意眼下；若是内心鄙视这份荣耀，便会显露出对上天实则并无敬爱。”我就想：感谢上帝挑选杰罗姆获得这天主的荣光，与之相比，另一种荣光不值一提。

一周又一周，一月又一月，时间在单调的事务里流逝了。而一旦我意识到时间的缓慢、光阴的漫长，就只能将自己的思绪寄托在回忆和希望上。

舅舅和阿丽莎六月份要去尼姆郊区和朱丽叶相聚，她那会儿要生孩子了。他们收到了不大好的消息，提前出发了。阿丽莎写信跟我说：

你上一封往勒阿弗尔寄的信，送到的时候我们刚走。该怎么解释一周之后信才到我这里？整个一周我的灵魂都残缺、麻木、多疑、衰退。哦我的兄弟！只有和你在一起时，我才是真正的自己，才能超越自己……

朱丽叶好了起来，我们每天都在等待她分娩，不是很担心。她知道我今天早上给你写信了。我们到达埃格-维弗的第二天，她问我：“那杰罗姆，他怎么样？……他经常给你写信吗？……”我无法欺瞒她，“你再给他写信的时候，告诉他……”她犹豫了一会儿，很温柔地笑着说：“……我痊愈了。”她的信总是欢快愉悦，我有点担心她在为我表演出幸福的模样，担心她就这么迷恋这场演出……她今天的幸福源泉依然跟她曾经梦想中的有天差地别，而且好像她的幸福就得依赖这个！……啊！我们所说的幸福与灵魂毫无二致，构成幸福的外部因素真是不值一提！我在“荒地”上独自散步时思考了许多，就不跟你赘述了，最让我最惊讶的是自己并不感到愉快，可我本应为朱丽叶的幸福而高兴……为什么我的内心屈服于一种自己抵抗不了的莫名忧愁？

我感受着这里的美景，至少在去看，这更让我没来由地悲伤了起来……你在意大利给我写信的时候，我能够通过你看到一切。现在没有了你，好像我看到的一切都是从你那里偷来的。还有，我在枫格兹玛尔和勒阿弗尔锻炼出了耐受雨天的本事，可这本事在这里却毫无用武之地，真叫人犯愁。我讨厌这儿村里人的欢声笑语，或许我所说的“悲伤”状态只是不和他们一样吵闹……以前我的喜悦里的确夹杂着些许骄傲，因为现在，我在这异乡的快乐里像是感到受了屈辱。

来到这里后，我就没怎么祷告过，我幼稚地感觉上帝的位置与原先不同了。再见了，我这就搁笔了。我感到羞愧，因为亵渎神明，因为自己软弱、忧愁，因为承认这些，如果邮差今晚不来把信取走，我明天就会把它撕掉……

下一封信只提到她的外甥女出生了，她会是这孩子的教母，还说了朱丽叶多么快乐，我舅舅多么快乐……却只字未提她自己的感受。

后来又是来自枫格兹玛尔的信，朱丽叶七月去跟她相聚了……

爱德华和朱丽叶今天早上离开我们了。我尤其想念的是我的小教女。六个月后再见到她时，我会发现她所有的动作都是自己没见过的，而此前的每一个动作几乎都是我看着她创造出来的。成长总是这么神奇、令人惊叹！我们之所以没有经常感到吃惊，是因为关注不够。我俯身看着充满希望的小摇篮，度过了那么多时光。是因为有着怎样的自私、怎样的自负、对至善怎样的无欲无求，思想发展才如此迅速地止步不前，一切造物都依旧定在离上帝遥远的地方？哦！可如果我们能够、我们想要再靠近祂一些……将会有怎样的好胜心！

朱丽叶看着很幸福。我起先觉得伤心，因为看到她放弃了钢琴和读书，可爱德华·泰西埃尔不喜欢音乐，对书也没有什么兴趣。朱丽叶的做法当然是聪明的，不去寻求他跟不上自己的乐趣。相反，她对丈夫的工作产生了兴致，他总是让她知道自己的所有业务。他的业务今年扩展了很多，他开玩笑说这是因为自己的婚姻带来了很多勒阿弗尔的客户。罗贝尔上次陪他出了差，爱德华很关照他，说自己了解他的性格，相信他会真心喜欢这种工作。

父亲好多了，看到女儿幸福他也年轻了起来，他又喜欢照料农场和花园了，刚才还要我重新给他高声朗读，我们之前和阿斯布尔顿小姐一起开始读书，因为在泰西埃尔家小住就中断了。我给他们读的是德·于布内尔男爵的游记，我自己读着也很快乐。我现在也会有更多的时间读自己的东西，不过我想让你给点建议。今天早上，我一本又一本地拿了很多书，却对哪本都提不起兴趣！……

从那时起，阿丽莎的来信愈发不安、急切，夏末的时候她给我写信说：

因为怕你担心，所以没有告诉你我有多么期待与你相见。每一个见到你之前要度过的日子都压在我身上，叫人透不过气。还有两个月！已经离开你这么久了，可觉得这两个月比已经过去的日子还要久！所有我因为想消磨等待而做的事情看起来真是短暂得可笑，我无法逼迫自己做任何事情。书本没了价值和魅力，散步没了吸引力，整个大自然都没了诱惑，褪了色的花园没了香气。我羡慕你有兵役，那些必须做的训练由不得你选择，让你时时刻刻都顾不上自己，让你疲惫不堪，匆匆过完白天，到了晚上催着倦意十足的你去睡觉。我总是想起你对操练的感人描写。最近这些夜里我睡得不好，好几次都在起床号中惊跳着醒了过来，真真切切地听到了你。我完全能想象出你说的微醺、早晨的欢乐、似晕非醒的状态……在晨曦令人目眩的冷光中，马尔泽维尔高原该有多么瑰丽！

我最近身体不大好，哦！没什么严重的。我觉得是自己等你等得有些太沉重了，就这样。

六周之后：

我的朋友，这是我最后一封信了。虽然你回来的日子还难以确定，但这一天也不会太远了，我就不再给你写信了。我想在枫格兹玛尔见到你，但是时节变得不好了，很冷，而且父亲一直说要回城里。眼下朱丽叶和罗贝尔都不在我们身边，我们可以方便地让你住下，不过你最好还是去费莉西姑妈家，她见到你也会高兴的。

我们重逢的日子越来越近了，我等得更加惶惶不安，都快心生畏惧了。我那么盼着你来，而现在，我好像害怕了。我努力不再去想这件事，我想象着你按响门铃、你走在楼梯上的脚步声，而我的心跟着停止了跳动或是感到疼痛……千万不要期待我会对你说什么……我感觉自己的过去在这里结束了，此后什么也看不见，我的生命停止了……

四天后，也就是我退伍前的一周，却收到了一封很简短的信：

我的朋友，我完全赞同你的想法，不去想方设法地延长你在勒阿弗尔停留的时间，还有我们重逢后在一起的时间。我们在信里说了这么多，还能讲些什么呢？如果 28 日起你要回巴黎注册，那就不要犹豫，也不要因为我们不能在一起多待两天而惋惜。我们不是还有一辈子吗？

六

我们后来的第一次见面是在普朗蒂埃姨妈家。我突然觉得自己服役后变得笨拙而呆板……后来我才意识到她肯定发现我变了。但是这种具有欺骗性的第一印象在我们之间能有多重要呢？而我害怕不能完全认出她来，一开始不怎么敢看她……不，其实让我们感到窘迫的，是我们被迫接受的未婚夫妇这个荒唐角色，每个人都热情地让我们单独相处，看到我们就离开。

“可是，姑妈，你一点也没有妨碍我们，我们没有什么秘密要说。”阿丽莎终于在这个努力想悄悄躲在一旁却欲盖弥彰的女人面前大声说道。

“当然妨碍了！当然了，孩子们！我太理解你们了。如果两个人很久没见，会有一堆堆的小事情要相互倾诉……”

“求你了，姑妈，你要是走了，我们会很不开心的。”阿丽莎说这话时听起来都快生气了，我差点听不出来那是她的声音。

“姨妈，我肯定地告诉您，您走之后我们一个字都不会说的！”我笑着说道，但是一想到我们会单独在一起，就感到有某种恐惧侵袭了自己。我们三人又聊了起来，看似愉快、平常，实际上并非如此，我们刻意活跃着气氛，让聊天继续下去，背后都藏着各自的慌乱。我们第二天会再见面的，舅舅邀请我去吃午饭，所以这第一晚我们轻轻松松地告了别，开心地结束了这场闹剧。

我在饭点前很久就到了，看到阿丽莎在跟一个女友聊天，她没法把对方打发走，这个人也没有眼力，不知道自己该走了。她终于让我们单独在一起后，我假装对阿丽莎没有留她吃午饭感到惊讶。我们两个心烦意乱，都因为彻夜未眠而疲惫困倦。舅舅来了。阿丽莎察觉到我发现他老了。他耳朵不灵了，听不清我的声音，我不得不大声叫喊，否则他听不明白，于是我的话粗野了起来。

午饭后，普朗蒂埃姨妈如约开车来接我们。她把我们带到奥尔谢，想让我和阿丽莎回去的时候在那条路最迷人的一段上走走。

就季节来讲，天气有些热。我们走的那一侧暴晒在阳光下，让人喜欢不起来，光秃秃的树木根本无法给我们遮阴。我们急着回到车上，姨妈在那里等我们，于是紧赶慢赶，别扭地加快步伐。我头疼得厉害，什么话都想不出来。我边走边拉起阿丽莎顺从的手，出于风度，又或者是因为这个动作能够替代说话。我们情绪激动，走得气喘吁吁，沉默得叫人不知所措，血色涌上了脸，我听到自己的太阳穴在跳，阿丽莎脸色红得并不讨喜。不久，我们就不舒服了，因为感到彼此扣在一起的手湿漉漉的，我们丢开对方的手，两只手都伤心地落了下去。

我们走得很快，到路口的时候车还没来，姨妈是从另一条路来的，她想让我们有时间交谈，所以开得很是缓慢。我们在斜坡上坐下来，凉风突起，我们冻坏了，因为浑身是汗，于是我们起身去找车……可最糟糕的是，愚钝的姨妈一个劲地关心我们，确信我们聊得很多，想问问我们订婚的事。阿丽莎受不了，眼里满是泪水，借口说头疼得厉害。回程便在沉默中结束了。

第二天，我醒来时觉得身体酸痛，感冒了，难受到我决定下午再去布科兰家。不巧的是，阿丽莎不是独自一人。费莉西姨妈的孙女玛德莱娜·普朗蒂埃也在那里，我知道阿丽莎跟她总是聊得来。她来祖母家住几天，我进门的时候她大声说：

“要是你走的时候直接回小坡，我们就能一起了。”

我呆呆地接受了，也因此没能单独见到阿丽莎。但是这个可爱的孩子的确帮了我们，我没有再感到前一天那种难以忍受的尴尬，我们三个很快就自然地聊了起来，而且根本不像我一开始担心的那样无聊。我跟她们告别的时候，阿丽莎笑得古怪，似乎没有意识到我第二天就要走了。不过，既然不久后又会相见，我的道别也就不再伤感。

可是晚饭后，我隐隐约约有种担心，又下山去了城里，晃荡了将近一个小时才决定去按响布科兰家的门铃。开门的是舅舅，阿丽莎觉得不舒服，已经上楼回了房间，肯定立刻就睡下了。我跟舅舅聊了一会儿，就走了……

这些意外状况真叫人恼火，我谴责它们也无济于事。即便所有人都在给我们创造条件，我们还是会自找尴尬。而阿丽莎，她也感觉到了，这比任何事情都更让我痛心。我一回到巴黎，就收到了这封信：

我的朋友，这次重逢可真叫人伤心！你也许会说是别人不好，但你都说服不了自己吧。而我现在相信以后也就这样了，我知道会这样。啊！求你了，我们不要再见面了！

为什么我们分明有一肚子的话要说，却会尴尬、做作、呆滞僵持又沉默不语？你回来的第一天，我还不介意这种沉默，因为我相信它会消散，相信你会告诉我奇妙的事情，在那之前你是不会走的。

可是，看到我们一言不发地结束了在奥尔谢的凄凉散步，又看到我们的手摆脱彼此、失望地落下，我感到自己的心忧伤而悲痛地衰弱了下去。最让我痛苦的事情不是你松开了我的手，而是我感觉如果你的手没有这么做，我的手就会开始这么做，因为我的手也不再喜欢待在你的手里了。

第二天，也就是昨天，我苦苦地等了你一整个上午。我焦心得在屋里待不住，我留了话，让人告诉你去哪里找我，就在堤岸上。我久久地待在那里，看着波涛汹涌的大海，但是没有你，我看着这些痛苦万分。我后来回家了，突然幻想着你在我的房间里等我。我知道那天下午自己没空，玛德莱娜前一天告诉我她要来，而我打算在上午见你，就让她来了。但是好像我们这次见面中为数不多的好时光不都是因为有她在场吗？片刻间我有种奇怪的错觉，觉得这场自在的聊天会持续很久很久……你走近我和她坐着的沙发，朝我俯下身，跟我道别，我什么都说不出来，感到一切都要结束了，猛然间，我明白过来你要走了。

你和玛德莱娜刚一走，我就感到这是不可能的，也是无法忍受的。你能想到吗，我又出去了！我想跟你再说说话，最后告诉你所有我还没说出的话，我都已经跑到普朗蒂埃家了……晚了，我没有时间了，不敢……我回家了，绝望，给你写信……我都不想再给你写了……一封诀别信……因为其实我真的觉得我们的所有通信都只是一场巨大的幻景，我们每个人都只是在写，唉！都只是写给自己的，还有……杰罗姆！杰罗姆！啊！我们彼此永远分离吧！

我把信给撕了，真的，但是我现在重新写了，没怎么改动。哦！我一如既往地爱着你，我的朋友！而且，你一靠近我就心慌意乱、局促不安，我从未如此强烈地感觉到自己是多么深爱着你，却爱得绝望，我得承认，你也看到了：离得越远，我就越爱你。我早就料到了，唉！这场备受期待的见面终于让我看得分明，而且你也一样，我的朋友，这一点你也得清楚。永别了，我挚爱的兄弟，愿上帝保佑你、指引你，只有在走向祂的时候我们才能不受惩罚。

好像这封信不足以令我痛苦，第二天，她做了补充：

我不想让这封信就这么寄出去，我对你有个要求，关于我们两个的事情少对外人讲。你跟朱丽叶和阿贝尔说了多少次我们之间的事，你伤害了我多少次，也正是因为这个，早在你料到之前很久，我就觉得你的爱其实是一种头脑之爱，一种精神上的美好固执，温柔而忠诚。

她担心我把这封信给阿贝尔看，最后几行字的用意显而易见。她是怎么猜疑、警惕起来的？她最近有没有从我的话中察觉到是我朋友在背后指点？……

我感觉自己从今往后离她遥远得很！我们走上了两条不同的路。要我学着独自承受磨人的忧愁重担，这份嘱咐太多余了。

随后三天，我满腹抱怨，想给阿丽莎回信，担心自己争辩的语气太重、抗议太激烈、言辞有一点笨拙，害怕这些会不可救药地加剧我们的伤口。这封信的开头我写了二十遍，我的心在信里挣扎。今天读着这张浸了泪水的纸、这封信的副本，我依然忍不住想哭，最终还是决定寄出去：

阿丽莎！可怜可怜我，可怜可怜我们两个吧！……你的信叫我难受。多想能够对你的种种顾虑付诸一笑！是的，我感受到了你写给我的一切，但是我害怕去想这些。你把凭空臆想的事情当成了多么可怕的现实，还在我们之间一个劲儿地强化这种现实！

如果你觉得爱我不似从前了……啊！远离我吧，这残酷的假设，你整封信都在否认这个假设！所以，你一时惧怕又有什么关系呢？阿丽莎！只要想说理，我的话就被冻住了，我只听得见自己内心的呻吟。我爱你爱得笨拙，越是爱你，我就越是不知道该如何对你诉说。“头脑之爱”……你要我怎么回答呢？我整个灵魂都在爱你，又该如何区分自己的理智与情感？不过既然是我们的通信让你的指责这么伤人，既然我们在通信中飞升随后又跌落在现实里，遭到了冷酷无情的伤害，既然你现在觉得信只是写给自己看的，既然我无力承受和上一封一样的新来信，那求你了，我们暂时不要通信了。

我接着在信中抗议了她的评判，提出上诉，恳求她对我们下一次见面抱有信心。上次见面时的一切都与她心意相违：环境、无关紧要的人、季节，甚至我们激情洋溢的通信也不对，因为这让我们几乎没有谨慎地做好思想准备。我们下次相逢之前会保持沉默。我希望那是在春天，在枫格兹玛尔，我在那里应该可以更顺利地对往事进行辩护，舅舅也会乐意在复活节假期接待我，至于我住的日子是长是短，则由她决定。

我主意已定，信一寄出，便专心学习了。

*

快到年末的时候我又见到了阿丽莎。阿斯布尔顿小姐的身体几个月来每况愈下，她在圣诞节前四天去世了。我服役结束回来后，又跟她住在了一起，很少离开她，陪她度过了最后的时光。阿丽莎寄来一张明信片，说她更记挂着我们信守沉默的誓言，而不是我的哀伤。舅舅来不了，她坐火车来，参加完葬礼就搭下一班火车走。

在葬礼上和随后的送葬中，除了我和她就没什么人了。我们并肩走着，没说几句话。但是，在教堂里她挨着我坐的时候，我好几次都感觉到她的目光温柔地落在我的身上。

“说好了的，”她离开的时候对我说，“复活节前什么都别说。”

“是的，可到了复活节……”

“我等你。”

我们来到公墓门口。我提出送她去火车站，但是她朝一辆车示意，没说一句告别的话就撇下了我。

七

“阿丽莎在花园等你。”舅舅告诉我。四月底，我来到枫格兹玛尔，他像父亲一样拥抱了我。我的心一下就凉了，因为没有见她立马来欢迎我，不过很快我就感谢她没有这么做，否则我们两人都会在刚刚重逢时宣泄感情，落入俗套。

她在花园尽头。我朝圆形路口走去，那里四周密密地环着灌木丛，在这个时节里盛开着鲜花，有丁香、花楸、金雀花、锦带花。我不想离得太远看不见她，也不想让她看到我来了，于是从花园的另一侧过去，走上昏暗的小径，那里的空气在树枝的遮蔽下清新凉爽。我慢慢地往前走，天空和我一样喜悦，暖融融、亮堂堂，清澈得剔透。她一定以为我会从另一条小径来。我向她走去，站在她身后，她没听见我，我停下脚步……好像时间和我一起停下了，我觉得这一刻或许是最美妙的，它先幸福而来，胜过幸福本身……

我愿双膝跪在她面前，我往前走了一步，她听见了。她突然起身，手中正绣着的东西滚落到地上，伸开双臂拥向我，双手搭在我的肩膀上。我们就这样待了一会儿，她胳膊伸得直直的，微笑着歪着头，一言不发，温柔地看着我。她身穿一袭白衣。她的神色严肃异常，我却看到了她幼时的笑容……

“阿丽莎，你听我说，”我猛然大声说道，“我有十二天的自由。如果你不乐意，我不会多待一天。我们做个约定，信号一到，我就离开枫格兹玛尔。到时候，我不会反驳，也不会惋惜，第二天就走，好吗？”

我根本没有事先准备这些话，不假思索地吐露了出来。她想了想，随后说：

“如果哪天晚上你来吃饭的时候，我脖子上没有戴着你喜欢的那个紫水晶十字架……明白吗？”

“那便是我待在这儿的最后一晚。”

“但你走的时候，”她又说，“不能流泪，不能叹气……”

“也不告别。我在最后一晚离开你的时候会像前一晚一样，自如得让你怀疑我没有明白，可你第二天早上找我的时候，我就已经不在这儿了。”

“第二天我不会去找你的。”

她把手伸给我，我把她的手放到我的嘴唇上：

“从现在起直到最后一晚，”我又说，“不要做出任何一个让我有预感的暗示。”

“你也是，不要暗示将要分别。”

这次重逢庄重得差点让我们之间扭捏起来，现在该打破这种情形了。

“我多希望，”我又说，“在你身边的这几天对我们来说和其他日子一样……我想说的是，我们两个都不要觉得这几天是特殊的。还有……如果我们能够不去费尽心思地找话头……”

她笑了起来。我接着说：

“难道就没有什么是我们可以一起做的吗？”

我们向来喜欢园艺。一个新手园丁近来顶了老园丁的班，花园荒废了两个月，有很多事要做。蔷薇修剪得不好，有一些长势旺盛，却被枯枝缠绕着，有一些往上攀爬，没有撑得住，往下塌了，还有一些被徒长枝吸尽了养分。大部分被我们嫁接过了，我们认出了自己栽的小苗木，它们需要精心呵护，花了我们很长时间，头三天还让我们聊了很多，一点都不严肃，而且，我们不说话的时候，也没有感到被寂静压迫。

我们就这样又像往常一样相处了。我对这种习惯的倚赖胜过任何解释。分离的事情也在我们之间淡去了，而且我往常在她身上感觉到的害怕减弱了，她害怕在我身上出现的紧张也减轻了。上次秋天来时的气氛叫人伤心，现在的阿丽莎更显年轻，我从未觉得她这么好看。我还没有拥吻过她。每天晚上我都看见她胸口上挂着一条细细的金链子，坠着那个小小的紫水晶十字架，一闪一闪的。我信心满满，希望在心里重生。我说了什么，希望吗？我对此已经确信无疑，心想阿丽莎的感觉和我一样，因为我不再怀疑自己，也不会再怀疑她。慢慢地，我们的对话不再拘谨。

“阿丽莎，”一天早上，气氛愉悦欢快，我们的心像花儿一样绽放，我对她说，“现在朱丽叶幸福了，你别丢下我们不管，我们也……”

我缓缓说出，眼睛看着她。她的脸色突然变得苍白异常，看得我话都说不完。

“我的朋友！”她开口说道，没有把目光转向我，“真不敢相信我在你身边会觉得这么幸福……但是相信我，我们不是为了幸福而生的。”

“如果不喜欢幸福，灵魂还能喜欢什么呢？”我激动地大声说道。她低声说：

“圣洁……”声音小得我是猜出来这个词的，而不是听出来的。

我的所有幸福都张开双翅，离我而去飞向天空。

“如果没有你，我无法抵达那里。”我说道，额头埋在她的膝间，哭得像个孩子，不过是出于爱，而不是悲伤。我又说：“不能没有你，不能没有你！”

这一天后来过得和其他日子一样。但是晚上，阿丽莎出现的时候没有戴着那个紫水晶小首饰。第二天，我信守诺言，天一亮就走了。

第二天我收到了这封奇怪的信，用几句莎士比亚的诗作了题词：

又奏起这个调子来了！它有一种渐渐消沉下去的节奏。

啊！它经过我的耳畔，就像微风吹拂一丛紫罗兰，发出轻柔的声音，

一面把花香偷走，

一面又把花香分送。够了！别再奏下去了！

现在已经不像原来那样甜蜜了。[1]

没错！我的兄弟，我情不自禁地找了你整个上午。我无法相信你走了。我恨你遵守了我们的诺言。我在想：这是个游戏。经过每一片灌木的时候，我都期待你在那后面出现。可是没有！你真的走了。谢谢。

那天后来，我都翻来覆去地思来想去，想把这些告诉你，还分明害怕得古怪，害怕如果不说出这些，我以后会觉得错过了你、会理应遭到你的责备……

你这次刚在枫格兹玛尔住下的时候，我就发现自己在你身旁便会整个人都感到没来由地满足，先是诧异，然后又担心起来。你对我说过，“满足得叫人别无所求”！唉！这正是我担心的……

我的朋友，我怕词不达意。更怕你看到的是巧妙的说理（哦！肯定会很笨拙），可那只是在表达我灵魂中最强烈的感觉。

[1] 原文为英文，出自莎士比亚剧作《第十二夜》（*Twelfth Night*）第一幕第一场。译文引自朱生豪译本。

“如果觉得不够幸福，那就不是幸福。”这是你跟我说的，记得吗？我当时不知如何回答。不，杰罗姆，这对我们来说不够。杰罗姆，我们也不该觉得这已足够。这种兴高采烈的心满意足，我无法认为这是真真切切的。我们去年秋天不是明白了这种满足掩饰着多少悲痛吗？

真切！啊！上帝无论怎样都会护着我们！我们生来是为了另一种幸福……

所以说我们前不久的通信坏了秋天重逢的兴致，一想到你昨天在我面前，我今天的信就索然无味了。我给你写信时感到的欣喜若狂会发展成什么样？又是通信，又是见面，我们的爱情所能向往的纯粹喜悦已然耗尽。而现在，我不由自主地像《第十二夜》里的奥尔西诺那样叫着：“够了！别再奏下去了！它现在已经不像原来那样甜蜜了。”[1]

永别了，我的朋友。现在去爱上帝吧[2]。啊！你是不是从不知道我有多爱你？……直到终了时，我都会是

[1] 原文出处及译文出处同前。

[2] 原文为拉丁文 Hic incipit amor Dei。

你的。

阿丽莎

面对美德的圈套，我毫无招架之力。一切英雄主义都在吸引我，冲昏我的头脑，因为我不会把它和爱情区分开。阿丽莎的信让我陶醉，兴奋得无以复加。上帝知道我只有为了她才会努力走向更多的美德。只要能往上走，任何一条小路都能带领我前去和她相会。啊！土地再怎么迅速缩小都不为快，但愿最后只容得下我们两个！唉！不曾料想她伪装精巧，也难以想象她能借助山顶再次逃离了我。

我给她回复了长长的信。我记得信中唯一一个还算有远见的段落。

“我总是觉得，”我对她说，“我的爱是我在自己身上保护得最好的东西，我所有的美德都依赖着它，它提升了我自己，如果没有你，我就会又从那个本就司空见惯的一般高度上跌落下来。正是因为希望和你重逢，所以最艰难的小路我也总觉得是最好的。”

我还写了什么，让她这样回了信：

但是，我的朋友，圣洁不是一种选择：这是一种职责（这个词她在信中强调了三次）。如果你还是我曾经相信的人，那么你也不能逃避这一点。

就是这些。我明白了，其实是预感到，我们的通信就此结束了，无论得到的建议有多狡猾，无论自己的意志有多坚定，都无济于事了。

可我还是写了信，绵长而温情。寄出第三封信之后，我收到了这封短信：

我的朋友：

不要以为我下了决心不再给你写信，我只是觉得无趣了。可是你的信依然令我开心，但是我越来越责怪自己占据了你太多的思绪。

夏天不再遥远。我们的通信停一停吧，来枫格兹玛尔和我度过九月的下半旬吧，你愿意吗？如果愿意，我就不需要回信了。我会把你的沉默当作答应，所以也希望你不要给我回信。

我没有回信。这种沉默肯定只是她想让我经受的考验。学习了几个月，又旅行了几周，之后我回到了枫格兹玛尔，心神安宁，无所担忧。

我自己一开始就弄不明白的事，该如何用寥寥数语讲清楚？我从那时起就痛彻心扉，除了这种境况，我在此还能描述出什么呢？因为，我过去没能透过虚假至极的外表感受还在怦然跳动的爱情，我今天找不到任何理由宽恕自己，我那时首先看到的只是这个外表，却认不出自己的女友，还责怪她……不，即便是当时我也没有责怪你，阿丽莎！可是眼见自己再也认不出你，我绝望地哭泣了。既然我在你的沉默寡言和残忍心计中看到了强烈的爱情，那么你越是残酷地折磨我，我不是越应该爱你吗？

傲慢？冷血？都不是。我什么都打败不了，连对抗也做不到。有时我还会犹豫，怀疑自己的悲惨是不是假想出来的，因为个中缘由始终微妙难测，阿丽莎又看起来在驾轻就熟地装糊涂。所以我究竟在抱怨什么呢？她从未如此热情地欢迎我，她从未表现得如此热情、如此体贴，第一天的时候我都快以为自己弄错了……她换了个扁平、服帖的新发型，令面部轮廓分明，像是要让表情变形，她穿着不得体的上衣，色泽暗淡、手感粗糙，使姣好的体态走了样，这些都无关紧要……她如果想弥补，是轻而易举的事，我胡思乱想，觉得第二天她会主动，或者应我的要求去做……我更是惶惶不安了，因为我们之间几乎从未有过这些体贴、这般热情，我害怕看到其中的决心胜过冲动，冒昧地说一句：害怕礼节胜过爱情。

晚上，我走进客厅时，讶异地发现那架钢琴不在老地方了，我失望地惊呼起来。

"钢琴要保养了，我的朋友。"阿丽莎回答说，声音尤为平静。

"我都已经跟你说过几次了，我的孩子，"舅舅近乎严厉地批评道，"既然到现在你还能弹，本来可以等杰罗姆走了再送去的。可你急急忙忙的，叫我们丧失了多少乐趣……"

"可是，爸爸，"她说着转过头去，红了脸，"我没弄错，最近这琴声变得空空的，连杰罗姆都弹不出什么来。"

"你弹的时候，"舅舅又说，"它好像没有这么糟糕。"

她在阴暗处斜着身子待了一会儿，好像在忙着整理扶手椅罩子的边边角角，随后突然离开客厅，晚些才回来，端着托盘，带来了舅舅每天晚上都习惯喝的茶水。

第二天，她没有换发型，也没有换上衣，挨着她的父亲坐在屋前的一张长凳上，又在做针线活，其实是缝缝补补，前一晚就在忙这个了。她从身旁长凳或者桌子上装满破旧长短袜子的大篮子里拿东西。过了几天，换成了毛巾和床单……她好像整个人都沉浸在这活计里，沉浸到唇边不再流露任何情绪，眼睛失了一切光芒。

"阿丽莎！"头天晚上我大声喊道，看着这张没了诗意的面庞有些惊愕，差点没认出来，盯着她看了一会儿，可她似乎没有感觉到我的目光。

"怎么了？"她抬起头问我。

"我想看看你是不是能听到我说话。你的心思好像离我很遥远。"

"没有，我就在这里啊，只是这些缝缝补补很耗精力。"

"你缝的时候，就不想让我给你读书吗？"

"我怕那样听得不专心。"

"为什么你选了个这么耗神的活？"

"总得有人做吧。"

"可是有那么多穷苦女人会做这个糊口。你总不会是为了省钱才强迫自己做这个徒劳无益的活吧？"

她随即告诉我，没有任何一种活更能耗费她的精力，她已经很久没有做其他事了，肯定都生疏了……她边说边笑。她的声音从未如此轻柔得叫人悲痛。“我说的事再自然不过了，”她脸上的神情好像在说，“你又为什么愁眉苦脸呢？”我心里的百般抗议都没有再涌上嘴边，令人窒息。

第三天，我们采了蔷薇，她请我把花带到她的房间里，我这一年都还没有进去过，当即心花怒放！我还在自责不该悲伤，她一句话就治愈了我的心。

我每次踏进这个房间时心都会怦怦乱跳，不知这儿的恬静是从哪里来的，它属于阿丽莎。窗帘的蓝色影子落在窗户上、绕着床铺，桃花心木家具泛着光泽，这里整洁、安静，一切都在向我的内心讲述着她如何纯洁、如何知性优雅。

这天早上，我惊讶地发现她床边墙上的两大幅马萨乔[1]仿真画不见了，那是我从意大利给她带回来的，我正要问这两幅画去哪儿了，目光就落在近旁她摆放枕边书的架子上。这个小书架上的书一点点地有了规模，一半是我

[1] 马萨乔（Masaccio, 1401—1428），意大利文艺复兴时期的伟大画家和先驱者。

给她的，另一半是我们一起读过的。我这才发现那些书都被撤走了，替代它们的只有写得烂俗的宗教小册子，一无是处，真希望她瞧不上这些。我突然抬起双眼，看到阿丽莎在笑。是的，她一边看着我一边在笑。

"对不起，"她立马说道，"我是看到你的表情才笑的，你瞧见书架时唰的一下变了脸……"

我根本没有心情开玩笑。

"不可能，阿丽莎，你现在真的在读这些吗？"

"是啊。有什么奇怪的吗？"

"我以前觉得，一个吃惯营养粮食的文化人对这种庸俗之物只会厌恶地尝一下。"

"我不明白你的意思，"她说，"就是这些努力表达自己的卑贱灵魂在和我坦诚交流，我喜欢在他们的世界里。我知道我们不会落入任何一个美丽语言的陷阱，他们也不会，而我在读这些的时候，也不会迷失于任何一种世俗的赞赏。"

"那你就只读这些了吗？"

"差不多。这几个月是的。其实我也没有那么多时间来读书。不过跟你说，我最近想再看看你教我去欣赏的那些大作家，印象中经文里说到有个人，他努力使自己的身量多加一肘[1]。”

“这个‘大作家’是谁，让你这么奇怪地看自己？”

“不是他让我这样的，是我自己读书的时候有的想法……是帕斯卡。也许我看的那段不大好……”

我不耐烦地动了动。她说话时的声音清脆又单调，像在背课文，眼睛一直没有抬起来，看着自己还没打理完的花。她见我不耐烦了，便顿了一会儿，语气不变地继续说道：

“词藻堆砌、心思费尽，就为了证明一点点东西。我有时候在想，他的悲怆语气其实不是出于信仰，而是怀疑。纯粹的信仰不会让人流这么多眼泪，也不会让人声音颤抖。”

“正是这种颤抖、这些眼泪让声音悦耳动听”，我想当即反驳，却没有勇气，因为我在这些话里看不到阿丽莎身上任何让我珍爱的东西。我照着记忆里的样子誊写下这些话，没有事后作艺术性或是逻辑性的增补。

“如果他一开始没有把当下生活从自己的欢乐里除去，”她接着说，“那么在天平上称重时更重一些的就是这

[1] 指“你们哪一个能用思虑使寿数多加一刻呢（或作‘使身量多加一肘呢’）？”，出自《圣经·马太福音》第六章第二十七节。

欢乐，而不是……”

“什么？”我问道，听着她的奇怪论调目瞪口呆。

“他提出的不确定的极乐。”

“难道你不信吗？”我喊了起来。

“信又怎样！”她又说，“我希望它就这么不确定下去，避免一切交易的嫌疑。热爱上帝的灵魂之所以会深陷美德，是因为本就具有高尚情怀，而不是希望有所回馈。”

“所以说这是神秘的怀疑主义，里面藏着帕斯卡主义者的高尚。”

“不是怀疑主义，是冉森教义，”她笑着说，“我要这个做什么？这些可怜的灵魂，”她转身朝向自己的书，“如果要他们说自己是属于冉森主义还是寂静主义，他们会不知所措的，我也不知道这两个有什么区别。他们在上帝面前俯首，像是被风压弯的草，没有恶念，没有不安，也不美。他们觉得自己毫无过人之处，而且清楚自己那点价值只在于从上帝面前消失。”

“阿丽莎！”我叫喊起来，“你为什么拔掉了自己的翅膀？”

她的声音依然那么平静而自然，我的叫喊便更显夸张得可笑了。

她又笑了起来，摇了摇头。

“我上次读帕斯卡，只记得……”

“说啊是什么？”我问道，因为她顿住了。

“是基督的这句话：‘凡要救自己生命的，必丧掉生命。’[1]至于其他的，”她笑得更厉害了，正面直视着我，说实话，我都快不懂她了，她接着说，“如果在这些小人物的社会里生活一段时间，就会很快被大人物的崇高品质压得喘不过气，快得难以置信。”

我思绪混乱，难道找不到任何办法去反驳了吗？……

“如果我今天得和你一起读这些说教、这些沉思……”

“可是，”她打断了我，“我不愿意看到你读这些！我其实觉得你生来就该看比这些崇高得多的东西。”

她说得简洁又朴实，看起来没有觉得这些将我们的生活划分彻底的话会撕碎我的心。我的脑袋热烘烘的，我本想继续说、本想哭，或许她会被我的眼泪打败，可我依然什么都没有再说，双肘撑在壁炉上，额头埋在双手里。她

[1] 出自《圣经·马可福音》第八章第三十五节。

继续安安静静地整理着自己的花，根本没有看见我多痛苦，或者是假装根本没有看见……

这时响起了用餐的第一次铃声。

“午饭前我是弄不完了，”她说，“你快去吧。”好像之前的只是一场游戏：

“晚些再说吧。”

这场谈话并没有继续，阿丽莎不停地躲着我，不是说她好像一直藏起来，而是无论多想见面，都得立刻必须去做紧迫得多的重要事情。我得排队等，等她完成总是会新冒出的家务事，等她监督别人完成了在谷仓该做的活，等她看望过各位佃农、见过那些她越来越关心的穷人，之后才是我。留给我的时间所剩无几。我从来没有见她闲下来过，但或许正是因为看到她要操心这些琐碎的事，因为不再跟着她，我才刚刚开始感受到自己被夺去了多少。如果阿丽莎陪了我一会儿，我们却只会说出最尴尬的话，她容忍着，像是在做孩子的游戏。当她漫不经心、笑意盈盈地从我身边快速经过，我却觉得她更遥远了，好像从未认识过她。我甚至觉得有时候在她的笑容里看到了某种挑衅，至少是某种嘲讽，感觉她这么回避我的心意是在以此取乐……随即，我把所有的不满都转向自己，不想让自己发展到去指责她，我根本不清楚自己对她期待着什么，又能指责她什么。

日子就这样一天天过去了，我原本期望这些天能过得幸福无比。我诧异地注视着日子溜走，但是既不想增加它的数量，也不想放缓它流逝的速度，因为每过一天我都更加痛苦。不过临走前的两天，阿丽莎陪我走到了废弃采石场的那张长凳边。那是一个明朗的秋夜，没有雾气，直到天边都能辨认出被染成青色的每一个细节，连最飘忽的往事也清晰起来。我忍不住埋怨，哀悼自己曾经幸福，如今却变得可悲。

“可我又能做什么呢，我的朋友？”她立刻说道，“你爱上了一个幻象。”

“不，不是幻象，阿丽莎。”

“是个想象出来的形象。”

“啊！我没有捏造。她是我的朋友。我要把她叫回来。阿丽莎！阿丽莎！你曾经是我爱的人。你把自己弄成什么了？你要把自己变成什么？”

她沉默了一会儿，没有回答，慢慢地摘下一朵花的叶子，一直低着头。后来终于说话了：

“杰罗姆，为什么不直截了当地承认你不像以前一样爱我了？”

“因为不是这样的！因为不是这样的！”我愤怒地喊道，“因为我对你的爱从未消减。”

“你爱我……可是你对我感到悔恨！”她边说边挤出笑容，耸了耸肩膀！

“我无法让我的爱成为过去。”

大地在我脚下消失，我拼命地抓住一切……

“这份爱得和其他东西一起成为过去。”

“这样的爱只会和你一起成为过去。”

“它在慢慢衰退。你说自己还爱着的那个阿丽莎已经只是你的回忆了。有一天，你只会记得曾经爱过她。”

“你说得好像有什么能够取代我心里的她，好像我这颗心不会再去爱了。你不记得自己爱过我吗，你就这么喜欢折磨我吗？”

只见她苍白的嘴唇在颤抖，她含混不清地低声说：

“不，不，这一点在阿丽莎身上没有变。”

“那就是什么都没有改变了。”我边说边抓住她的胳膊……

她愈发坚定地说道：

“只要一句话就能解释一切，为什么你不敢说出来？”

“什么？”

“我老了。”

“住口……”

我当即表示反对，说自己和她一样也老了，说我们之间的年龄差一直没有变……但是她恢复了镇定，这唯一的瞬间过去了，我放任自己去争辩，扔掉了一切优势，我失去了立足点。

两天后我离开了枫格兹玛尔，对她不满，对自己也不满，心里隐约恨恨的，恨自己依然称之为“美德”的东西，还愤怒不平，看到自己的心绪终日被她占领。这最后一次见面，我似乎因为表达爱意过浓而耗尽了所有热忱。阿丽莎的每一句话，我都是先去反抗，而它们扼杀了我的异议之后依然在我身上鲜活而得意。唉！她当然是对的！我珍爱的只是一个幻象，我曾经爱着的那个阿丽莎、我后来依然爱着的阿丽莎已经不在了……唉！我们都老了！面对着可怕的诗意丧尽，我的整颗心都冰了，其实，这只是在回到应有的状态。如果我慢慢地把她拔高，如果我慢慢地把她塑造成一个偶像、用自己迷恋的一切去装扮，那么这一番苦心经营能剩下什么？……阿丽莎刚收回自己，就回到了她自己的水准、平庸的水准，我自己也会那样，但是也就对她不再怀有渴望。啊！我出于美德而努力得疲惫不堪，如今看来真是荒诞而虚幻，自己曾经想在那些高度上与她相逢，可只有我一人努力把她摆在那里。如果我们的爱情不那么高傲，就会容易一些……但是从今往后，固守着没有目的的爱情还有什么意义，那是执拗，不再是忠诚。忠诚于什么？一个错误。最明智的做法难道不是我承认自己是在自欺欺人吗？

我被推荐去了雅典学院，我答应了马上就入学，不是出于抱负，也不是出于兴趣，但是一想到要走就高兴，像是在逃离。

八

可我还是又见到了阿丽莎……那是三年后的夏末。十个月前，我从她那里得知舅舅去世了。我当时在巴勒斯坦旅行，立刻给她写了长长的信，一直没有收到回信……

我忘了自己是用什么借口回到勒阿弗尔的，我沿着一条常走的路来到枫格兹玛尔。我知道在那里能找到阿丽莎，可担心她不是独自一人。我没有提前告知自己会来，我不愿让自己的出现像是一次寻常的到访，犹豫不决地往前走。要进去吗？还是不如没看到她就走，也不试着去看看她？……是啊当然，我会独自走在林荫路上，会坐在那张长凳上，也许她还会经常来坐坐……而我已经在搜寻自己能留下哪些迹象，在我走后告诉她我来过了……我就这样想着，慢慢地走着。自从决定不去看她，压迫内心的些许苦涩悲伤就让位给了一种近乎甜蜜的忧郁。我已经到了林荫路，可是，我害怕被发现，就走在了一条人行道上，沿着农场院子边的斜坡。我知道斜坡上有个地方可以看到花园深处。我爬到了上去，看到一个园丁在耙平一条小径，认不出来是谁，他不久就离开了我的视线。一道新的栅栏围住了院子。狗听到我经过那里，叫了起来。再往前走，到了林荫路的尽头，我向右边拐去，来到了花园围墙，正要前往和刚刚离开的林荫路平行的那片山毛榉，却路过了菜园的小门，突然想从这里走进花园。

门是关着的。里面的锁其实只能扛得住虚弱的冲力，只用肩膀抵一下，我就破了这把锁……这一刻，我听到了脚步的动静，便藏到了墙角。

我看不到从花园里出来的是谁，但是我听得出，感觉是阿丽莎。她向前走了三步，微弱地呼唤着：

“是你吗，杰罗姆？……”

我的心跳得厉害，停住了，紧绷的喉咙里仿佛蹦不出一句话，她愈发用力地又问了一遍：

“杰罗姆！是你吗？”

听到她这么呼唤我，我激动得无以复加，不能自已地跪了下来。我迟迟没有应答，阿丽莎便上前几步，绕着墙走，我突然感觉她挨着了我，我用胳膊遮住自己的脸，似乎害怕这就看见她。她有那么一会儿朝我弯着腰，而我吻遍了她纤弱的双手。

“为什么躲起来？”她问我，问得如此直接，好像这三年的分别只持续了几天。

“你怎么知道是我？”

“我在等你。”

“你在等我？”我问道，惊讶得只能充满疑问地重复她的话……我还在跪着。

“我们去长凳那里吧，”她接着说，“是啊，我知道还得见你一次。三天来，我每个晚上都来这里，像今晚一样呼唤着你……为什么不应答我？”

“如果你没有发现我，我就走了，不见你，”我说道，一边使劲顶住起先让自己虚弱的激动情绪，“只是，到了勒阿弗尔，我想在林荫路上走走，在花园附近转转，在这个采石场的长凳上歇歇，我想你还是会来坐一坐的，然后……”

“来看看我这三个晚上读了什么。”她打断我，递来一盒信，我认出是自己从意大利写给她的。我这时抬起眼睛去看她。她的变化可真大，变得消瘦而苍白，紧紧地攥住了我的心。她重重地靠在我的胳膊上，挤着我，像是害怕，像是感到冷。她还在戴重孝，用来当头饰、围着面庞的黑色发网令她更显苍白。她在笑，但是好像虚弱无力。我急切地想知道她此刻是不是一个人在枫格兹玛尔。不是的，罗贝尔和她生活在一起。朱丽叶、爱德华和他们的三个孩子八月份来和他们住过了……我们来到那张长凳边坐了下来，拖沓着聊了聊无关紧要的事。她问了问我的工作。我不情不愿地回答了她。我想让她觉得自己对这个工作没兴趣了。我想让她失望，就像她让我失望一样。我不知道自己有没有达成目的，她没有露出任何痕迹。而我是满腹怨恨又满心爱意，竭力用最生硬的方式跟她说话，后悔自己有时候激动得声音颤抖。

太阳西下，被一团云遮住片刻后，在天边又冒了出来，几乎是正对着我们，带着微微颤动的华彩蔓延在空空的田野上，骤然的充沛光线填满了在我们脚下敞开的狭窄山谷，之后便消失了。我一直看得入迷，什么都没说。我觉得自己依然被包裹着，进入了这种金色的恍惚，我的愤恨烟消云散，在自己身上只听得见爱意了。阿丽莎一直歪着身子靠着我，这会儿坐直了。她从上衣里取出一个用精细纸张包着的小巧包裹，像是要递给我，又停住了，似乎没有拿定主意。我看着她，诧异地听她说道：

“听我说，杰罗姆，这里面是我的紫水晶十字架。这三个晚上我都带着它，因为我早就想把它给你了。”

“你想让我做什么？”我很是粗暴地问道。

“希望你保存着它，作为对我的念想，给你女儿。”

“什么女儿？”我看着阿丽莎大声喊道，不明白她什么意思。

“好好冷静下来听我说，求你了。不，别这样看我，别看我。我对你说话已经很痛苦了，但是这件事，我特别想告诉你。听着，杰罗姆，将来有一天，你会结婚吗？……不，别回答我，别打断我，求求你。我只是希望你能记得我深爱过你而且……这么长时间……这三年里……我觉得你喜欢的这个小十字架，有一天也许你的某个女儿会戴上它，作为对我的念想，哦！不要让她知道这是谁的……也许你也会给她取……我的名字……”

她不说了，声音哽咽。我大声质问道：

“为什么你不自己给她？”

她试着继续说。她嘴唇颤抖得像啜泣的孩子，可是没有哭，眼神里的奇异光芒漫溢在脸上，美得非凡，美得有如天使。

“阿丽莎！我能娶谁呢？你可是知道的，我只会爱你……”我猛然狂热地紧紧抱着她，几近粗暴地把她拥在怀里，狠狠亲吻着她的嘴唇。有一刻，她像是接受了我，微微后仰，我搂住她贴着自己，我看见她的目光黯淡下去，随后她闭上眼睛说了话，在我看来这声音精准而优美得无与伦比：

“可怜我们吧，我的朋友！啊！别毁了我们的爱情。”

也许她还说了“做事不要胆怯！”，或者也许是我对自己说的，我不清楚了，但是突然，我跪倒在她面前，用双臂虔诚地抱着她：

“既然你这么爱我，又为什么总是推开我？看啊！我先是等朱丽叶办婚礼，我知道你也期待她能幸福。她是幸福的，这还是你自己告诉我的。我一直以为你想继续生活在父亲身边，但是现在我们两个都是孤身一人。”

“哦！我们不要惋惜过去了，”她低声说，“现在我已经翻篇了。”

“还有时间，阿丽莎。”

“不，我的朋友，再也不会有时间了。那种日子再也没有了，我们在爱情里隐约看见了对方身上比爱情更好的东西。我的朋友，正是因为你，我的理想才上升得那么高，一切人性的满足都会让它落下去。我总是在想，如果我们在一起生活会是什么样，一旦这种生活不再完美，我就无法再去承受……我们的爱情。”

“那你有没有想过如果没有对方我们的生活会是什么样？”

“没有！从来没有。”

“现在你看到了！没有你的三年里，我痛苦地飘荡着……”

夜幕降临。

“我冷，”她说着站起身来，紧紧地裹着披巾，这样我又能挽着她的胳膊了，“你记不记得经文里有一节，我们以前读的时候觉得不安，还担心理解不好：‘未得着所应许的，因为神给我们预备了更美的事……’[1]”

“你一直相信这些话吗？”

“应当虔诚地去相信。”

我们相互挨着走了走，没有再说什么。她又说：

“想想这个吧，杰罗姆：最好的！”突然，眼泪涌出她的眼眶，而她还在重复说：“最好的！”

我们又来到菜园的小门口，刚才，我就是在这里看到她出来的。她转过身来朝向我：

“永别了！”她说，“不，不要再过来了。永别了，我

[1] 出自《圣经·希伯来书》第十一章第三十九、四十节。

亲爱的。就是现在要开始了……最好的。”

她看了我一会儿，想留住我，又要把我从她身边赶走，她胳膊直直的，双手搭在我的肩膀上，眼里满是难以言语的爱意……

门刚关上，听见她在身后拉上了锁，我就瘫倒在门口，绝望至极，受着折磨，在夜里久久地流泪、啜泣。

去留住她，去破门而入，无论怎样进去，这个房子其实都没有对我关上。不行，直到今天我还是会回过头重新体验整个这段过去……不行，我做不到，现在不理解我的人，当时也不会理解我。

我焦心得难以忍受，几天后给朱丽叶写了信。我跟她说我去了趟枫格兹玛尔，还告诉她阿丽莎苍白消瘦得多么让我担心。我请她去照顾她，请她告诉我再也不能从阿丽莎本人那里等来的消息。

过了不到一个月，我收到了这封信：

亲爱的杰罗姆：

我要告诉你一个非常悲痛的消息：我们可怜的阿丽莎不在了……啊！你来信说担心她真是一点也没错。

这几个月里，她没有真的生病，却日渐衰弱。不过，她听了我的请求，同意去看勒阿弗尔的A医生，医生给我写信说她没有什么大碍。但是你去过后三天，她突然离开了枫格兹玛尔。我是看了罗贝尔的信才知道她走了的。她很少给我写信，如果不是罗贝尔，我都根本不知道她逃走了，因为我不会立马就对她默不作声的情况感到惊慌。我严厉地批评了罗贝尔，斥责他就让她这么走了，斥责他没有陪她去巴黎。你能想象吗，自那一刻起，我们就一直不知道她的地址。想想我有多焦虑吧，见不到她，连信也写不了。罗贝尔几天后就到了巴黎，但是一无所获。他怠惰得让人怀疑他不上心。他报了警，我们不能就这么毫无头绪下去，太残酷了。爱德华过去了，他办得很好，最后找到一家小小的精神病院，阿丽莎就藏在那里。唉！太晚了。我收到了这家精神病院院长寄来的信，告诉我她死了，同时还收到了爱德华的急件，他连她的面都没能见到。最后一天，她在一个信封上写下了我们的地址，好让我们知道，又在另一个信封里塞进了一封信的副本，这封信的原件寄给了我们在勒阿弗尔的公证人，信里写了她的遗愿。我想这封信中有一段跟你有关，我会很快告诉你的。爱德华和罗贝尔参加了前天办的葬礼。送行的不只他们两人。精神病院的几个病人坚持参加了仪式，也送葬到了墓地。而我随时都会生下第五个孩子，不能出门，真可惜。

亲爱的杰罗姆，我知道这件丧事会令你悲伤欲绝，只能痛着心给你写信。这两天我不得不卧床，写信也吃力，但是不想让其他人跟你说起其实只有我们两个认识的人，连爱德华和罗贝尔也不行。我差不多已然是个上了年纪的家庭主妇了，很多灰尘覆盖了灼热的过往，希望能再见到你。如果某天你要到尼姆出差或者消遣，那就来埃格-维弗吧。爱德华认识你会高兴的，而且我们两个都可以说一说阿丽莎。再见，亲爱的杰罗姆。拥抱你，悲痛万分。

几天后，我得知阿丽莎把枫格兹玛尔留给了自己的弟弟，但是要求把她房间里的所有物品和她指定的几件家具送给朱丽叶。不久之后我收到了几张纸，她放在了密件里，写上了我的名字。我还得知她让人在自己的脖子上戴上那个紫水晶小十字架，就是我最后一次去的时候拒绝收下的十字架，爱德华告诉我这件事情照做了。

公证人转寄给我的密件里还有阿丽莎的日记。我在此誊写下其中多页。我誊写的时候没有去评论。你一定能想象出我看这些日记的时候在想什么，内心混乱得无法将其完整表述。

阿丽莎的日记

埃格–维弗

前天出发离开勒阿弗尔，昨天到达尼姆，我的第一场旅行！一点都不用操心家务和饭菜，在随之而来的轻松闲散中迎来了188*年5月23日，我的二十五岁生日，这一天我开始写日记，消遣意义不大，有点是想陪伴自己，因为这也许是我生命中第一次感到孤独，这片别样、近乎陌生的土地，我还没有与它相识。这片土地要告诉我的当然和诺曼底以前跟我讲的一样，跟我在枫格兹玛尔饶有兴趣地听到的一样，因为上帝在任何地方都不会有所改变，但这片南方土地所说的是一种我还没有学过的语言，我听着这语言，感到惊奇。

5月24日

朱丽叶在一张长椅上靠着我小睡。我们在开放的画廊里，它让这座意式房子有了魅力，和铺着沙子的庭院平齐，这庭院接续着花园……朱丽叶不用离开长椅就能看到草坪起起伏伏地一直铺展到一片水，水里嬉戏着一大群花花绿绿的鸭子，还有两只天鹅在游水。一条小溪滋养着这片水，人们说这小溪在任何一个夏天里都不会干涸，它又穿过花园，流逝而去，这座花园成了小树林，愈发荒野，愈发被困在干枯的灌木丛和葡萄园之间，很快就被彻底扼杀了。

……爱德华·泰西埃尔昨天带着父亲参观了花园、农场、食物贮藏室、葡萄园，而我待在朱丽叶身边，于是这天一大早，我就可以独自在公园里进行自己的第一次探索散步。有很多不认识的植物和树木，想知道它们叫什么。每一种我都折下一根细枝，想在吃午饭的时候让人告诉我怎么叫它们。在这些细枝里我认出了冬青，也许杰罗姆会在博尔盖塞别墅或者多里亚-潘菲利别墅欣赏到……和我们北方的树可真是够远的亲戚，看起来是天差地别，它们在挨着公园尽头的地方庇护着一处狭窄而神秘的空地，树荫下的草地踩起来软软的，像是在邀请仙女们来合唱。我震惊到有些害怕，因为在枫格兹玛尔时，我对自然的感觉是根深蒂固的基督教式的，而在这里，不由自主地变得有些神话色彩了。然而这种害怕依然是宗教式的，越来越让我透不过气来。我低声念叨着这些词：这是片树林[1]。空气晶莹剔透，产生一种奇怪的寂静。我想起俄耳甫斯[2]、想起阿尔米达[3]，突然，鸟儿的歌唱响起，它独一无二，离我这么近、这么感人、这么纯粹，我猛然觉得似乎整个自然都在等着它。我的心怦怦直跳，在一棵树上靠了靠便回去了，其他人还没有起床。

5月26日

还是没有杰罗姆的消息。如果他给我写了信寄到勒阿弗尔，那么他的信应该已经转寄给我了……我只能向这个本子吐露自己的不安。三天来，无论是昨天在莱博的奔跑，还是祷告，都不能让我分心片刻。今天，我无法写下任何其他东西。自从来到埃格-维弗，我就莫名其妙地闷闷不乐，或许没有其他缘由。可是我在自己身上深切地感觉到了它，甚至现在觉得它好像在这里很

[1] 原文为拉丁文 hic nemus。
[2] 俄耳甫斯（Orpheus），希腊神话中的音乐天才。
[3] 阿尔米达（Armida），意大利诗人塔索作品《被解放的耶路撒冷》中的女巫。

久了，好像我自己引以为傲的喜悦只是在将它遮掩。

5月27日

为什么我要欺骗自己？我是在理性思考后为朱丽叶的幸福感到高兴的。我那么期盼这份幸福，甚至为此牺牲自己的幸福，看到这幸福获取得毫不费力，我感到痛苦，而且这跟她和我想象中应该有的样子都不同。真复杂！如果……我分明看到自己又自私得可怕了，感到被触怒，因为她不是在我的牺牲里找到了幸福，而是在别处，她不需要我的牺牲就得到了幸福。

此刻我感到杰罗姆有些不安，所以对我保持沉默，我在想，这种牺牲在我心里真的完结了吗？我像是遭到了羞辱，上帝不再要求我去做。难道我做不到吗？

5月28日

这么分析自己的悲伤是多么危险的事啊！我已经依恋上这个本子了。我以为已经被打败的卖弄风情会在这里重拾它的权利吗？不，这个日记只会是自满得意的镜子，我的灵魂在它面前打扮！像我起先认为的那样，自己写东西不是因为闲散，而是因为悲伤。悲伤是一种罪恶的状态，我不会再去体验它，我恨它，我想在这里让自己的灵魂不再复杂。这个本子要帮助我在自己身上重新获得幸福。

悲伤是复杂的。我从来没有试图去分析自己的幸福。

在枫格兹玛尔时，我也如此孤独，甚至更孤独……为什么那时候没有感觉到？当杰罗姆从意大利给我写信，我接受了他在没有我的情况下去看、去生活，而我在思绪里追随着他，把他的快乐当作自己的快乐。我现在不由自主地呼唤着他，如果没有他，眼前的一切新鲜事物都会叫我厌烦……

6月10日

这个刚开始的日记断了许久。小丽兹出生了，我在朱丽叶身边照顾了好几个通宵，所有能写信告诉杰罗姆的事情，我在这里都没有任何心情去写。我想防止自己像无数女人一样犯下这个不可忍受的共同错误：写得太多。把这本子看作一种改进的方法吧。

随后许多页都是在阅读中写下的笔记、摘抄的段落等等。后来又是在枫格兹玛尔写的日记：

7月16日

朱丽叶是幸福的，她是这么说的，看起来也是如此，我没有权力、没有理由去怀疑……此刻在她身边，我不满、不安的感觉从何而来？或许是因为感受这完满的幸福如此务实、得到得如此容易、“量身定做”得如此贴合，好像紧紧勒住了灵魂，令它喘不过气……

我在想，自己期待的究竟是幸福还是通往幸福的道路。哦主啊！不要让我太快就能抵达某种幸福！请指点我把自己的幸福延期、推后，直至到了您那里。

随后很多页都被撕去了，一定记下了我们在勒阿弗尔的痛苦重逢。下一篇日记是一年后才写的，纸张上没有日期，但一定是在我在枫格兹玛尔短住时写的。

有时候，听他说话时我觉得在看着自己思考。他让我了解自己、发现自己。如果没有他，我还能活下去吗？我只能和他在一起……

有时候我不确定自己对他的感觉是否正是人们所说的爱情，人们对爱情的通常描述跟我能做出的描述有着天壤之别。我想对此什么都不说，想不自知地爱着他。我更想在他不明就里的时候爱着他。

如果没有他，无论怎样的体验都不能给我带来任何快乐。我所有的美德都只是为了取悦他，可在他身边时，我感觉自己的美德衰弱了下去。

我喜欢弹钢琴曲，因为好像每天都能进步一点。或许这也是我在读外文书时饶有兴致的奥秘，当然，不是说我更喜欢我们语言之外的某个语言，也不是说我所欣赏的母语作品在外国作品面前一无是处，而是说，虽然在寻求意义和感情时有些难度，但或许我无意识中对自己战胜它、总能更好地战胜它而感到骄傲，让我除了精神愉悦还获得了某种灵魂满足，我似乎无法离开这种满足。

无论感到多么幸福，我都不希望是一种没有进步的状态。在我的想象中，天堂的喜乐不在于融入上帝，而在于向祂无限又持续地接近……如果我不害怕玩弄字眼，我会说自己对任何不是进步的欢乐都不屑一顾。

这天早上，我们两人都坐在林荫路的长凳上，一言不发，因为觉得没有说话的必要……突然，他问我是否相信未来的生活。

“可是，杰罗姆，”我立刻大声说道，“对我来说那不是个希望，而是一种确信……”

猛然，我感觉自己的一切信仰都在这声叫喊中被抽空了。

“我想知道！”他又说道……顿了一会儿后接着说，“如果不是信仰，你会有另一种表现吗？”

“我怎么会知道，”我回答道，又说，“但是你，我的朋友，不管你怎么想，你有最虔诚的信仰，驱使你去做事，你不可能有另一番表现。如果你是另一种样子，我就不会爱你了。”

不，杰罗姆，不，我们在美德中努力的方向不是未来的回报，我们在爱情中寻找的不是回报。如果希望自己的痛苦有所补偿，这对于禀性良好的灵魂而言是有伤害的。美德对它来说也不再是一种装饰，不，那是它美丽的形态。

爸爸的情况又不好了，希望没什么事，但是他这三天只能喝牛奶。

昨天晚上，杰罗姆上楼回到了他的房间，爸爸和我多聊了聊，留我一人待了片刻。我坐在长沙发上，其实是躺着的，我几乎从不这样，不知道为什么躺下了。灯罩遮住了我眼睛和上半身上的光线，我不自觉地看着自己稍稍露出裙子的脚尖，灯的反光挂在上面。爸爸回来后，他在门口站了一会儿，奇怪地打量着我，面带微笑又难掩悲伤。我隐约有些尴尬，站起身来，他却向我示意。

“来坐我旁边。”他对我说，虽然夜已深，他还是跟我说起了母亲，他们分开后这还是头一次。他跟我讲自己是怎么娶她的、自己多么爱她、她当初对自己意味着什么。

“爸爸，”我终于问出了口，“求你告诉我为什么今晚要跟我讲这些，是什么让你今晚详详细细地跟我讲这些……”

“因为，刚才我走进客厅的时候，看到你那样躺在沙发上，那一刻我觉得又看到了你母亲。”

我特意问出这句话，是因为今天晚上……杰罗姆站着靠在我的扶手椅上，朝我俯下身，在我肩膀上读书。我看不到他，但是能感觉到他的呼气，还有他身上的温热与颤抖。我装作继续读自己的书，却看不进去了，甚至连一行行的字也分辨不出来了，我整个人慌张得奇怪，趁自己还能做到的时候赶紧从椅子上站起身来。我出去待了一会儿，幸好他什么也没察觉到……但是，不一会儿，我一个人在客厅的时候，躺在沙发上，爸爸觉得我这样像母亲，而我当时想着的就是她。

这天夜里我睡得很不好，忧心忡忡，胸闷气短，凄凄惨惨，一直回想着过去，它涌上我的心头，叫人内疚。主啊，教我去憎恶一切可恶的外表。

可怜的杰罗姆！如果他知道有时候他只需要做一个动作，知道有时候我在期待这个动作……

小的时候，我就开始为了他才想变得漂亮。现在看来，我一直都只是为了他才“趋向完美”。而这种完美只能在没有他的时候才能抵达，哦上帝啊！这是你的指引中让我的灵魂最为困惑的一个。

如果一个灵魂同时拥有美德和爱情，该多幸福啊！有时候我怀疑，除了去爱、尽情去爱、爱得越来越深之外，是否还有另一种美德……但是有些时候，唉！我又觉得美德只是对爱情的一种抵抗。怎么回事！我怎么敢把自己内心最本性的倾慕称作美德！哦迷人的诡辩！似是而非的劝诱！幸福的阴险幻景！

今早我在拉布吕耶尔的书里读到：

“在生命的历程中，会有一些非常珍贵的欢愉、非常温柔的诺言，人们禁止我们去做，但我们总会本能地渴望得到允许，如此强烈的魅力是无法被超越的，除非知道用道德去放弃它。”

那我为什么要给自己制造禁令呢？是不是有一种比爱情的魅力更强大、更甜蜜的魅力在悄悄吸引着我？哦！能用无尽的爱情同时带领我们两人的灵魂超越爱情！……

唉！我现在才恍然大悟：在上帝和他之间，除了我便没有任何障碍了。或许，正如他所说，以前他对我的爱让他向上帝俯首，而现在，这份爱却在从中阻挠，他为我驻足停留，爱我胜过一切，而我成了一个偶像，阻碍他继续在道德之路上前行。我们两人中得有一个抵达那里，而我不指望能在自己懦弱的心里战胜自己的爱情，上帝啊，请赐予我力量，让他不再爱我，我想牺牲自己的功德，向您献上他高尚而无限的功德……如果我的灵魂今天因为失去他而啜泣，难道不是为了日后在您那里与他相会……

告诉我，哦上帝啊！还有谁的灵魂更配得上您？除了爱我，难道他生来不是有更高的追求吗？如果他为了我止步不前，我是否也该同样爱他？在幸福里，一切本该有番英雄作为的心胸都变得如此狭隘！……

星期天

“神给我们预备了更美的事。”

5月3日星期一

多希望幸福就在那里，近在咫尺，只要他主动……伸出手就能握住幸福……

今早和他谈了谈，我做出了牺牲。

星期一晚上

他明天要走了……

亲爱的杰罗姆，我会一直温柔无尽地爱着你，但是我永远都不能告诉你这个。我强迫自己的眼睛、嘴唇和灵魂去克制，我强迫得冷酷无情，所以离开你对我来说是一种解脱和苦涩的满足。

我努力理智做事，但是在动起来的那一刻，指引我做事的理智要么弃我而去，要么好像疯了，我再也不相信理智了……

是理智让我逃离他吗？我再也不相信了……可是

我在逃离他，既悲伤也不明白为什么自己要逃离他。

主啊！我和杰罗姆朝着你向前走去，相互结伴，相互依靠，像两个朝圣者一样沿着生命行走，有时候我们其中一个对另一个说："如果累了就靠着我，兄弟"，另一个回应说："感觉到你在身边就足够了……"可为什么！主啊，你给我们指引的道路是一条狭窄的道路，窄到两人无法并肩前行。

7月4日

我已经有六个星期没有打开这个本子了。上个月，回头看其中几页的时候，我突然发现日记里有一种荒诞而负罪的忧虑，要认真去写……我欠他的……

也就是说，在这个只是为了帮助自己离开他而开始的本子里，我继续给他写着。

我撕掉了所有自己觉得是认真写的纸张。（我知道自己在做什么。）我应该撕掉所有关于他的纸张。我应该把一切都撕掉……我做不到。

我扯掉了几页，感到有点骄傲……如果不是心病太重，我会嘲笑这种骄傲。

真的，好像我因此有了功绩，好像我除掉的内容非比寻常！

7月6日

我应该从自己的书架里清理掉……

一本又一本，我在逃离他又将他寻回。即便没有在页面上发现他的痕迹，我也依然听到他的声音在给我朗读。我只喜欢他感兴趣的东西，而我的思想有了他的样子，相像得难以区分，就像以前我喜欢把它们视为一体。

有时候，我努力写得糟糕，想要逃离他的语句节奏，但是和他对抗依然意味着我在挂念他。我下定决心，一段时间里只读《圣经》(或许还会有《师主篇》)，而且每天在这个本子里只写下读到的醒目经文。

随后是从7月1日开始的“每日常事”，每天的日期都配着一段经文。我只誊写了带有评论的经文。

7月20日

“变卖你所有的，分给穷人。”[1] 我明白要给予穷人

[1] 出自《圣经·马太福音》第十九章第二十一节。

我这颗只为杰罗姆而左右的心。难道这不也是在教他去做同样的事吗？……主啊，赐予我这份勇气吧。

7月24日

我不读《内心慰藉》了。这种古老的语言我读得很高兴，却会让我分心，而且我在其中体会到了几乎是异教徒的欢乐，也没有找到任何我想要的启发。

我又读起了《师主篇》，读的不是拉丁文原版，那个我是根本读不懂的。我喜欢的译本甚至连署名都没有，实际上那是新教出的，但是如题所说，“适合所有基督团体”。

“哦！如果你知道自己会获得何种安宁，知道你会在前往道德的路上赠予他人何种喜悦，我确信你会更加用心地经营此事。”[1]

8月10日

上帝啊，当我向您呼唤，像有信仰的孩子一样激

[1] 出自《师主篇》。该书为匿名之作，通常认为作者为德国隐修士托马斯·肯培，于1418年首次发表。

情澎湃，声音如天使一般非凡……

所有这一切，我知道，不是从杰罗姆那里来到我这儿的，而是从您那里。

但是为什么在您和我之间，您到处都摆着他的画像？

8月14日

花了两个多月才完成这项工作……哦，主啊，帮帮我吧！

8月20日

我分明悲伤地感觉到，牺牲在我的心里并没有完成。上帝啊，让我明白只有他才能带来的欢乐其实是来自您。

8月28日

我的美德走到了何种平庸而可悲的地步！我对自己苛求太多了吗？别再为此痛苦了。

太软弱了，总是向上帝哀求赐予自己以力量！现在我所有的祷告都是哀怨的。

8月29日

“你想：野地里的百合花……”[1]

这个如此简单的句子今早让我悲伤得根本无法排遣。我出门去了乡间，而这几个词，我不由自主地重复个不停，它们让我的眼睛里和心里满是泪水。我望着空荡荡的广袤原野，弯腰把着犁耙的农人在忙碌着……“野地里的百合花……”可是，主啊，它们在哪里？……

9月16日，晚上十点

我又见到他了。他在那里，在这个屋顶下。我在草坪上看到他房间的窗户射过来的光亮。写下这几行字的时候，他还没睡，或许是在想我。他没有变，他这么说自己，我也这么觉得。我会让他看看自己决定成为什么样的人吗？好让他不再爱我……

9月24日

哦！这残酷的对话，我可以装作不在乎、装作无

[1] 出自《圣经·马太福音》第六章第二十八节：“何必为衣裳忧虑呢？你想：野地里的百合花怎么长起来；它也不劳苦，也不纺线。”

动于衷，可身体里的心却昏厥了……直到现在，我只是在逃离他。今天早上，我的确相信上帝会赐予我力量去抵御他，觉得一个劲地躲避斗争是懦弱的行为。我胜利了吗？杰罗姆对我的爱少了一点吗？……唉！我既希望如此，又害怕如此……我从来没有这么爱他。

主啊，如果您为了把他从我这里拯救出去而必须让我消失，那就去做吧！……

“走进我的心里、我的灵魂里，带来我的痛苦，在我身上继续忍受你还要承担的苦难。”[1]

我们聊了帕斯卡……我能跟他说什么呢？那些话真是可耻、愚蠢！我说出来的时候已经痛苦了，今晚更是后悔得像是亵渎了神明。我又拿起厚厚的《思想录》，随意翻到这段写给德·罗阿奈兹小姐的信：

“当我们自愿跟随牵引之人的时候是感觉不到绳索的，但是，当我们开始抵抗，开始越走越远的时候就会很痛苦。”

这些句子直击我的内心，我无力继续读下去。翻到其他地方时，发现了一段自己没读过的佳段，就抄了

[1] 出自布莱兹·帕斯卡（Blaise Pascal, 1623—1662）《思想录》（*Les Pensées*）。

下来。

至此第一本日记结束了。下一本肯定是毁掉了，因为在阿丽莎留下的纸张里，下一篇日记写的是三年后的事了，依然是在枫格兹玛尔写的，写在九月份，也就是我们最后一次见面前不久。

接下来的句子开启了这最后一本。

9月17日

上帝啊，您很清楚我需要有他在才能爱您。

9月20日

上帝啊，把他给我吧，这样我就能把自己的心交给您。

上帝啊，只要让我再见见他就好。

上帝啊，我保证会把自己的心献给您，允诺我的爱情向您提出的请求吧。我余生的一切都将只献给您……

上帝啊，宽恕我做了个可鄙的祷告，可我无法把他的名字从唇边赶走，也无法忘掉自己心里的困苦。

上帝啊，我在向您呼喊，不要把我丢弃在悲痛里。

9月21日

“你们奉我的名无论求什么……”[1]

主啊！以您的名义我可不敢……

但是如果我不再例行祷告，您会因此不再足够了解我心里的妄想吗？

9月27日

今天早上起就平静得很。几乎整宿都在思考、祷告。突然，好像有一种灿烂的安宁环绕着我、落在我身上，像是小时候对圣灵的幻想。我随即躺下，担心认为自己只是出于神经上的兴奋才会如此快乐，很快就睡着了，这极乐却没有离开我。今天早上它还完完整整地在那里。现在我确定他要来了。

9月30日

杰罗姆！我的朋友，对于你，我还是称你为兄弟，

[1]　出自《圣经·约翰福音》第十四章第十三节。

但我对你的爱远远胜过兄弟……我多少次在山毛榉树林里呼喊你的名字！……每天晚上黄昏将至的时候，我都走出菜园的小门，沿着已经昏暗的林荫路往下走……你会突然应答我，你会出现在我面前，就在我匆匆瞥过的石头斜坡后面，或者我会远远地看到你，你坐在那张长凳上，在等我，我的心都不跳了……可是，我竟然没有看到你。

10月1日

还是什么都没有。太阳在纯净得无与伦比的天空里落下。我在等。我知道，自己很快就会在这张长凳上和他坐在一起……我已经听见他说话了。我多么喜欢听到他说出我的名字……他会在这儿的！我会把我的手放在他的手里。我会把我的额头靠在他的肩上。我会在他身边呼吸。昨天，我就带上了他的几封信再念一念。但是我没有看信，心里想的都是他。我还随身带了他喜欢的那个紫水晶十字架，曾经有一个夏天，只要不想让他离开，我就每晚都戴着。

我想把这个十字架托付给他。很久以来我总是做着这个梦：他结婚了，我是他长女的教母，那是一个小阿丽莎，我把这个首饰送给她……为什么我从来都没敢把这个告诉他？

10月2日

我的灵魂今天轻盈而欢快，像一只在空中筑巢的鸟儿。就是今天，他要来了，我感觉到了，我知道，我想把这个消息喊给所有人听，我需要在此将它写下。我不想再隐藏自己的欢乐了。连平日里对我那么不上心、不关心的罗贝尔都看出来了。他问得我心绪不宁，我也不知道该如何回答。我该如何等到今天晚上？……

不知道是什么透明眼罩处处都给我放大了他的形象，还将爱情的所有光芒都聚焦在我心里唯一炽热的点上。

哦！等待真叫人疲惫！……

主啊！为我稍稍打开片刻幸福的宽敞大门吧。

10月3日

一切都暗淡了。唉！他从我的臂弯里逃走了，像个影子。他在那儿！他在那儿！我依然感觉得到他。我在呼唤他。我的双手、我的嘴唇在夜里寻找他，却一无所获……

我做不了祷告，也睡不着。我又走出房子，来到昏暗的花园。在房间里，在整个房子里，我都感到害怕。我悲痛地一直走回到那扇门，我把他留在了门外。我疯狂地期待着，打开了门，要是他回来了呢！我喊了他。我在黑暗中摸索着。我回家了，想给他写信。我接受不了自己在服丧。

到底发生了什么！我对他说了什么？我做了什么？怎么总是要在他面前吹嘘自己的美德？我整个内心都在背弃的美德能有什么价值？我悄悄违背了上帝建议我说出的话……我满腹的话语，无一说出。杰罗姆！杰罗姆，我痛苦的朋友，靠着你我会心碎，离开你我会死去，我刚才跟你说的一切都不要听进去，除了对你诉说的爱意。

我撕了信，又重写……天亮了，黎明灰灰的，湿了泪水，和我的思绪一样悲伤……我听到农场上最早的动静，睡着的一切都重现生机……“现在起来吧。是时候了……”[1]

我的信不会寄出去了。

10月5日

嫉妒的上帝啊，既然您已经剥夺了我的一切，那把我的心也拿去吧。从今往后，我不再对他抱有任何热情，一切都与他无关。帮帮我去战胜自己身上的悲伤残留。这座房子和这所花园鼓动着我去爱，叫人难以忍受。我想逃到一个只会看见您的地方。

您要帮助我把我所拥有的财富安排给您的穷人们，让我照顾一下罗贝尔，留给他我无法轻易卖出的枫格兹玛尔。我已经写好了遗言，但是大部分必要程序都不了解，我昨天也不能跟公证人说得太多，怕他会猜到我下了什么决心，怕他告诉朱丽叶或者罗贝尔……我会在巴黎补完手续的。

[1] 化用了《圣经·马太福音》第二十六章第四十五、四十六节：“于是来到门徒那里，对他们说：‘现在你们仍然睡觉安歇吧！’时候到了，人子被卖在罪人手里了。起来，我们走吧！看哪，卖我的人近了。”

10月10日

我到这里的时候很累，头两天不得不一直卧床。他们喊来的医生没有顺着我的意愿，说他觉得有必要做个手术。有什么好反抗的呢？不过我顺利地让他认为我很怕这个手术，认为我想先等着“恢复一点气力”。

我隐瞒了自己的名字和地址。我给精神病院办公室交了足够的钱，方便他们来看我、照料我，只要上帝认为还有必要给我一些时间。

我喜欢这个房间。整洁得无可指摘，不用再点缀墙壁了。我诧异万分地发现自己感到有些欢乐。因为我对生活不再抱有任何希望。因为现在我要想的只有上帝，因为只有当祂占据我们身上的每一处时，祂的爱才是美妙的。

我只带了《圣经》。但是今天读《圣经》时，帕斯卡这句狂乱的呜咽更显洪亮，在我心里回荡：

“任何事物，只要不是上帝之属，都无法满足我的期待。”[1]

---

[1] 出自帕斯卡《祷告·祈求上帝指引善用病灾》（*Prière pour demander à Dieu le bon usage des maladies*）。

哦，我这颗轻率的心灵所期待的欢乐太世俗了……主啊！您让我绝望是为了得到这声惊呼？

10月12日

愿您的主宰降临！来我这里吧，成为我唯一的主宰，主宰我的一切。我不想再对您舍不得真心了。

我累了，好像已经很老了，灵魂却还留着怪异的稚气。我还是那个从前的小姑娘，只有在房间里的一切都整理有序后才能睡觉，床头整整齐齐地叠放着脱下的衣服……

我想就这样料理好自己后去死。

10月13日

毁掉日记之前，我又看了一遍。“高尚之人不该流露内心不安。”我想，这句优美的话出自克洛蒂尔德·德·沃[1]之口。

在就要把日记扔进火里的瞬间，一个警告制止了

[1] 克洛蒂尔德·德·沃（Clotilde de Vaux, 1815—1846），法国女作家、诗人。

我，好像它已不再属于我，好像我没有权力把它从杰罗姆那里夺走，好像我从来都只是为他而写。在今天看来，我的担心和怀疑都那么不值一提，我不会再重视它们，也不会再以为杰罗姆会因此烦恼。上帝啊，就让他偶然撞见一颗心的笨拙话语，这颗心渴求到疯狂，想将他一直推到我不再希望抵达的美德之巅。

“上帝啊，带领我走上这座我无法抵达的磐石吧。”[1]

10月15日

“欢乐，欢乐，欢乐，欢乐的泪水……”[2]

胜过世俗欢乐、超越所有苦痛，是这样的，我预感到了光芒四射的欢乐。那座我无法抵达的磐石，我很清楚它的名字是“幸福”……我明白自己一生都是虚度的，除了想要通往幸福……啊！可是主啊，您把它允诺给了弃绝尘世的纯洁灵魂。“从今以后，”您神圣的话语

[1] 化用了《圣经·诗篇》第六十一章第二节：“我心里发昏的时候，我要从地极求告你，求你领我到那比我更高的磐石。”

[2] 出自帕斯卡《回忆录》(*Mémorial*)。

告诉我，“从今以后，在主里面死去的人有福了！”[1] 我必须一直等到死亡吗？我的信仰就在此时摇摇欲坠。主啊！我用尽全力向您呼喊。我身处黑夜，在等待黎明。我会向您呼喊，直到死去。来满足我的心愿吧。这样的幸福我恨不能立刻得到……还是说，我应该说服自己已经拥有了它？我像迫不及待的鸟儿在黎明前啼叫，它不是在宣告一天的到来，而是在召唤这一天，我难道要等到黑夜褪去后才能歌唱吗？

10月16日

杰罗姆，我想告诉你什么是完美的欢乐。

今天早上，我吐得翻江倒海，立马就觉得虚弱无比，有一刻真想去死。可是没有，起先我整个人都安宁异常，随后恐慌袭来，肉体和灵魂都在战栗，像是我生命中获得了猛然而醒悟的澄澈。我好像是第一次看到自己房间里的墙壁赤裸得残酷。我害怕了。此刻我依然在写，好让自己安心、平静。哦，主啊！让我能够毕恭毕

[1] 出自《圣经·启示录》第十四章第十三节。

敬地抵达终点吧。

我还能起身。我像个孩子一样跪着……

我想现在就死，快点，别等到又明白自己是孤独的。

我去年见到了朱丽叶。自她最后一封信已经过去十多年了，那封告诉我阿丽莎死去的信。我有一次要去普罗旺斯，有机会在尼姆停一下。我来到热闹市中心的弗歇尔大道，泰西埃尔一家住在一幢很漂亮的房子里。虽然我写了信说自己会来，但跨过门槛时还是有些激动。

一个女仆带我来到楼上的客厅，不一会儿，朱丽叶就来了。我还以为是见到了普朗蒂埃姨妈：一样的步态、一样的气质，一样热情得令人喘不过气。她立马就问我问个不停，却并不等我回答，问我事业如何、在巴黎安顿得怎么样、忙些什么、跟哪些人来往，我来南方做什么。为什么我不直接去埃格-维弗？爱德华在那里会很高兴见到我的……随后她跟我讲了每个人的近况，说了她的丈夫、孩子们、弟弟，上一季的收成，生意萧条……我得知罗贝尔卖掉了枫格兹玛尔，去埃格-维弗住了，他现在是爱德华的合伙人，所以他经常出差、专门负责商务，罗贝尔就待在田里，负责改良和推广秧苗。

然而我的眼睛不安地搜寻着能让自己想起过去的东西。在这个客厅里的崭新家具中，我一下就认出了枫格兹玛尔的几件家具，虽然这段过去令我颤抖，此刻的朱丽叶却似乎并不在意，或是一心想要分散我们的注意力。

两个十二三岁的男孩在楼梯上玩耍，她叫来他们给我介绍。丽兹是最大的孩子，陪父亲去埃格-维弗了。另一个十岁的男孩去散步了，一会儿回来，他就是朱丽叶告诉我丧事的时候说马上要生的那个孩子。那次分娩很艰辛，朱丽叶痛苦了许久，去年她改变了主意，诞下一个小姑娘，从她说话的样子来看，在所有的孩子里她好像最喜欢这个。

“我房间在隔壁，她在那儿睡觉，”她说，“来看看吧。”我跟在她身后，她说：“杰罗姆，我不敢写信问你……你愿意做这个小丫头的教父吗？”

“当然愿意，只要能让你高兴，”我有些惊喜地说道，朝着摇篮弯下腰，“我的教女叫什么名字？”

“阿丽莎……”朱丽叶低声回答，“她有点像她，你不觉得吗？”

我紧紧握住朱丽叶的手，没有回答。小阿丽莎被母亲抬了抬身子，睁开眼睛，我把她抱在怀里。

“你要是有个家，该是个多好的父亲啊！”朱丽叶说，努力微笑着，“你打算什么时候结婚？”

“先忘掉很多事吧。”我看见她脸红了。

“你希望很快忘掉什么？”

“我希望永远不会忘记。”

“来这边吧。”她突然说，带我来到一个又小又昏暗的房间，一扇门朝向她的房间，另一扇门朝向客厅。“有空的时候，我就会躲在这里。这儿是家里最安静的地方，我快觉得这里是生活避难所了。”

这个小客厅的窗户不像其他厅室那样朝向喧闹的城市，而是朝向种着树的院子。

“坐吧，”她边说边倒在一张扶手椅里，“如果我没有理解错的话，你说要一直忠诚的对象是阿丽莎的回忆。”

我一时间没有回答。

“或许其实是她对我的期待……不，不要把这当成我的功勋。我觉得自己只能这么做。如果我娶了另一个女人，就只能假意爱她。”

“啊！”她叫道，似乎对此无所谓，转过脸去不再看我，朝地面俯下身，也不知道在找什么丢掉的东西，“所以你觉得人可以在心里长长久久地守护一份没有希望的爱情？”

“是的，朱丽叶。”

“也觉得这种爱情可以经受生活每日的吹拂而不灭？”

夜幕像灰色的潮汐涌了上来，触碰又淹没了每一件物品，在这片阴暗中，它们每一个都好像重回过去，低声讲述着自己的往事。我又看到了阿丽莎的房间，朱丽叶把她所有的家具都摆在了这里。朱丽叶的脸转向了我，我看不清她的面容，不知道她的眼睛是否闭上了。她看起来真美。我们两人此刻都沉默不语。

“好了！”她终于开口说，“该醒了……”

我看到她起身往前走了一步，又倒在旁边的椅子上，似乎没有力气，她用手捂着脸，好像在哭……

一位女仆走进来，端着一盏灯。

幸福是什么

（译后记）

多年以前，第一次阅读纪德的时候，对他的文字有些抵触：无法接受一部小说里充斥着宗教话术。当时年幼无知，不懂纪德。其实现在也并没有很懂：只是翻译了他等身著作中的一部而已，如何谈得上就懂他了呢？更何况对我们来说，西方的宗教本身就是巨大的文化壁垒。不过，正如读书时老师教诲的那样：若要钻透一本书，最好的方式就是去翻译它。一遍遍地阅读原文，一遍遍地琢磨译文，像是唐僧打扫飞虹塔，从底层一级一级地往上走，一点一点地清理边边角角，最终收获耀眼的宝塔，一切明朗起来，第一遍浮光掠影般的阅读也被越来越强烈的代入感打压了下去。

“幸福是什么”，一个老生常谈的话题，却是阿丽莎终生都在思考的问题，也是纪德自己一直困惑的问题。这个问题千人千面，而阿丽莎给出的回答是一种撕扯性的极端体现，折磨自己，折磨别人，也折磨译者。

从情窦初开到告别人世，阿丽莎在大半辈子里都紧紧跟随着杰罗姆。她不是一般意义上欣赏心上人的才华、支持他的理想和事业，而是以对方的信仰为自己的信仰、以对方的喜好为自己的喜好、以对方的见解为自己的见解，要把自己变为和他一样的人，甚至想牺牲自己来让他获得幸福。可到后来，阿丽莎再也承受不住，感到追逐别人的脚步实在太累，于是撤掉了杰罗姆送给她的画，换掉了曾经和杰罗姆共读的高尚作品，看起了俗气的小书。在失去自我的关系中，会得到幸福吗？阿丽莎没有，否则不会感到痛苦，不会试图找回自己。

阿丽莎是传统的、顾家的。母亲和恋人私奔，妹妹出嫁，父亲身体欠佳，她独自操持着家中的里里外外，或许是身为长女的职责所在，或许是心疼父亲，她始终没有去往远方，只是通过杰罗姆的来信和他一道旅行。

阿丽莎是自卑的、固执的，分明爱恋着杰罗姆，又始终觉得自己配不上他，除了精神上遥遥不可及之外，还因为自觉比杰罗姆大两岁，自觉他嫌弃自己年纪大，哪怕多年后两人都已不再年轻，她也依然如此认为，哪怕杰罗姆从未如此想过。

阿丽莎是自私的，竟然要求杰罗姆将来的第一个女儿和自己同名，要求杰罗姆把她心爱的紫水晶十字架给这个可能会出生的小姑娘。她想占据杰罗姆的全部生活，哪怕自己死去，哪怕他会娶其他女人，哪怕自己不是这个小姑娘的母亲。最终，是妹妹朱丽叶的小女儿得到了这个名字，而十字架随着阿丽莎进了坟墓。杰罗姆虽然不是小阿丽莎的父亲，但做了她的教父。阿丽莎留下遗言，把自己房间里的所有物品都送给了朱丽叶，还有几件家具。他们一辈子都逃不出阿丽莎的阴影。

阿丽莎是霸道的，想把自己以为的幸福强加给别人，以为牺牲会给自己带来幸福，可其实那只是一厢情愿，只是对他人意愿和需求的漠视。在察觉到妹妹朱丽叶也喜欢杰罗姆之后，阿丽莎选择退出，主动鼓励妹妹嫁给心上人，可杰罗姆原本是准备向她自己求婚的。而她想成全的两个人最终并没有在一起，妹妹嫁给了一个疯狂追求她的葡萄园农场主。在阿丽莎选择退出三角关系之后，她的幸福之思遭到了双重冲击：她并没有因为试图成全他人而有所宽慰，又因为看到妹妹的幸福在自己的预期之外而不悦。虽然朱丽叶喜欢杰罗姆，可杰罗姆的心里只有阿丽莎，而阿丽莎却根本不顾及杰罗姆的想法，执意要凑成这一对，同时自己并没有放下这份感情，于是三个人都各自痛苦。她没想到的是，朱丽叶迅速嫁给了起先并不中意的人，却获得了莫大的幸福。作为姐姐，阿丽莎并没有为妹妹的幸福生活而高兴，却心生不满，也许还有困惑，甚至是嫉妒，因为自己的牺牲没有得到应有的回报，这种牺牲的动机过于自高自大，而她以为这样固执己见的牺牲就能带领自己走向上帝、走向鸿福。

阿丽莎的结局并不美好，有家庭原因，也有宗教原因。幼年目睹母亲红杏出墙，于是恐惧婚姻生活，但也本能地渴望真爱降临；教义告诫要进窄门才能走向上帝，可是这条路也着实艰辛，非常人所能。这两个因素当然无法忽视，她的人生也是悲惨。可是，换作任何一个人遇到类似的生活环境，都只能是如阿丽莎一样的结局吗？一定不是的，否则人生便成了编码的程序，一切按照设定进行。她瞻前顾后、犹豫不决，对心上人颐气指使，甚至是多番戏弄，屡次设计考验对方。这种表现或许和家庭、教义对她的影响有关，但是否也涉及道德和人品呢？她所追求的美德始终是在宗教信仰的范畴里，但窃以为，宗教本质上就是一种价值观，不信教的人自然也有一套价值观，而宗教的精神指引最终也是落实在世俗生活里的，毕竟人都是肉身的，毕竟人是扎扎实实地活在现实世界里的。阿丽莎沉浸在教义中不能自拔，看不上世俗生活，难以接受妹妹婚后的幸福，却没有意识到自己只是个普通人，又执意拔高自己的精神世界，于是感情变得矛盾、扭曲。直到临终时，面对四面光洁惨白的墙壁，独自一人的阿丽莎终于卸下所有负担，才有所顿悟。那一刻，她是否追悔莫及？

在这段感情里，或许杰罗姆是个受害者，可也不是全然无辜。杰罗姆自幼丧父，从小身体羸弱，母亲悉心照料，为了儿子的学业搬到巴黎，又为了儿子的调养每年到了好时节就搬回乡下。他很恋母：阿丽莎最爱的紫水晶项链是杰罗姆送的，这项链的原主人是他的母亲，可杰罗姆送给她是出于对母亲的纪念，而不是出于珍爱之情的表示。更何况，阿丽莎的模样很像他的母亲。杰罗姆是个拿不定主意的懦弱之人，面对阿丽莎欲拒还迎、暧昧不清的态度，他有很多次机会可以敞开心扉，却一次都没有做到，总是在怕、在担心，毫无担当，多年后最后一次相见时，才终于爆发，热烈拥吻着阿丽莎，可早就为时已晚了。身体不健康，灵魂不坚定，又如何稳得住阿丽莎本就敏感异常的心？他既没能把握住自己的幸福，也没能帮助阿丽莎走出阴影去拥抱幸福。

阿丽莎一面自卑，可学不会放手，于是拼命地去折磨、去受难；杰罗姆一面踌躇，可学不会争取，于是不断地悔恨、受伤。

但他们也是有过幸福的，这幸福在于想象、在于期待：在信件中想象着和对方一道远游，约定日子后便开始期待重逢的时刻……可一旦见了面，却随即爆发不解、矛盾，于是分开，再写信，再幸福，直到下一次见面……他们的幸福感与实际生活无关，他们的幸福感在于从未实现的幸福。就像歌词里说的一样，最美的爱情回忆里待续。杰克和罗斯的爱情之所以美好，也许正在于杰克永远沉没在了海底，他们没有真正生活在一起。人是需要想象的动物，完美的事物之所以完美，就在于它始终没有出现。而阿丽莎之所以一直追随教义，也是因为所宣扬的鸿福无法在现世中获得。或许，他们没有必要刻意给自己搭建一道窄门，因为人生本就不易。

王明睿

2024 年 9 月